AF297516

BIBLIOTHEQUE DRAMATIQUE

Théâtre moderne

L'ANE MORT

DRAME EN 5 ACTES

d'après le roman

DE JULES JANIN

Par MM. Th. BARRIÈRE et JAIME fils

Prix : 1 franc.

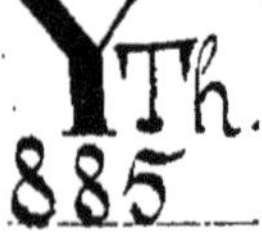

L. LÉVY FRÈRES, LIBRAIRES-ÉDITEURS

RUE VIVIENNE, 2 BIS

PARIS.—1853

L'ANE MORT

DRAME EN 5 ACTES

AVEC UN PROLOGUE ET UN ÉPILOGUE

PAR

MM. Théodore BARRIÈRE et Adolphe JAIME

MUSIQUE DE M. MANGEANT

Représenté, pour la première fois, à Paris, sur le théâtre de la Gaîté,
le 18 juin 1853.

PARIS

MICHEL LÉVY FRÈRES, LIBRAIRES-ÉDITEURS

RUE VIVIENNE, 2 BIS

1853

DISTRIBUTION DE LA PIÈCE.

ROBERT (jeune 1er rôle).	MM. Gouget.
PICHERIC, ancien officier de fortune (grand 1er comique).	Arnault.
BERNARD, père d'Henriette, paysan (père noble).	Emmanuel.
SYLVIO, fiancé de Marie (2e amoureux). . . .	Couty.
MATHURIN, paysan (id. ou jeune comique). . . .	Taillade.
L'ÉTRANGER (grand 3e rôle).	Clément-Just.
RAYMOND (1er amoureux).	E. Bondois.

BELZEBUTH, sergent recruteur. — Josse.
LE BARON SATHANIEL. . . — Alexandre.
L'HUISSIER DIAVOLINO. . . — Galabert.
UN PAYSAN. . . . . grandes utilités. — Pépin.
CHAVIGNY, } amis de Raymond, — Malines.
DE BLANGY, } — Lahalle.

HENRIETTE BERNARD (grand jeune 1er rôle).	Mmes Naptal-Arnault.
MARTHE, femme de Bernard (duègne)	Devaux.
LA DUCHESSE DE ROYAN (grande coquette marquée).	Munier.
MARIE, sa nièce (1re amoureuse).	Isabelle Constant.

Un Cabaretier, un Clerc, Soldats, Paysans, Invités, Domestiques.

Vers l'an 1715, en France.

Nota. — Pour la mise en scène, s'adresser à M. Solomé, régisseur général.

L'ANE MORT

PROLOGUE.

La chaumière de Bernard.

Une porte au fond, à droite, ouvrant sur la campagne. A droite et à gauche,
portes latérales. Une fenêtre, une table et ce qu'il faut pour écrire. —
A droite, une haute cheminée — A gauche, un escalier conduisant à
une chambre supérieure. — Un buffet près de la porte. — Un grand
fauteuil, chaises. Un fusil est sur la cheminée. Une armoire à côté de la
cheminée.

SCENE I.

MARTHE, BERNARD. (*Bernard fait ses comptes, Marthe file
son rouet.*)

BERNARD.

Dis donc, la mère...

MARTHE.

Quoi, Bernard?

BERNARD.

Hé! hé!

MARTHE.

Tu ris... le relevé de l'an est donc...

BERNARD.

Meilleur encore que celui de l'année passée. Total : dix-sept
cent vingt écus ronds.

MARTHE.

Dix-sept cent vingt écus !... (*Elle se lève.*) Dieu bénit les pauvres
gens comme nous.

BERNARD.

Allons, Mathurin aura peut-être fait une meilleure affaire
qu'il ne pense.

MARTHE.

Ah! le pauvre garçon ne songe guère à l'argent... s'il épouse
not' fille, c'est, comme on dit, que l'amour lui serre la gorge.

BERNARD.

Sais-tu bien que Mathurin possède à l'heure qu'il est vingt-
cinq mille livres et le moulin de son père... qu'est un fameux
moulin.

MARTHE.

Oui, c'est vrai.

BERNARD.

Avec ça, nous pourrons faire le commerce en grand, et dans
quatre ou cinq ans, nous serons rentiers; t'auras ta place mar-

quée à l'église, la mère... t'auras des dentelles longues comme ça... moi, j'aurai... les mains dans mes poches... et Henriette, not' fille, elle aura...

MARTHE.

Des petits enfants que j'élèverai dans l'amour du prochain et la crainte du bon Dieu.

BERNARD.

Et que j'emmènerai à la chasse... Tiens, il me semble que j'y suis déjà.

MARTHE, *un peu rêveuse.*

Ah! oui, oui... tout cela c'est un beau rêve.

BERNARD.

Un rêve !... c'est-il un rêve que nous avons une fille jeune, jolie... et bien élevée? C'est-il un rêve que Mathurin, le plus riche meunier du pays, en tient pour notre fille? * (*Marthe vient s'asseoir en face de Bernard.*) C'est-il un rêve, ces dix-sept cent vingt écus de bénéfice qui dansent là, devant moi, en ayant l'air de m'agacer... les fripons? Dis, d.s, c'est-il un rêve?... (*On frappe à la porte du fond.*)

MARTHE.

On a frappé. (*Elle se lève pour aller ouvrir.*)

BERNARD.

Attends, que je serre le magot... on ne sait pas à qui on peut avoir à causer, d'autant plus qu'en remontant le petit bois, j'ai vu la maréchaussée tout en désarroi... Attends, attends!... (*Il serre l'argent dans une armoire. Marthe va ouvrir.*)

SCENE II.

Les Mêmes, PICHERIC, *en paysan.*

PICHERIC.

Pardon, excuse la compagnie; c'est-il ici que demeure Pierre Bernard, marchand de graines?

MARTHE.

C'est ici.

PICHERIC.

Alors, v'là mon affaire. (*A part.*) Il n'y est pas.

MARTHE.

Qu'est-ce que vous demandez?

PICHERIC.

Ce que je demande?... ce que... (*A part.*) C'est pas toi, va. (*Haut.*) Voilà... je m'appelle Christophe, je suis revendeur, et je voudrais... (*A part.*) Où diable peut-il être? (*Haut.*) Je voudrais voir vos échantillons.

* Marthe, Picheric, Bernard.

BERNARD.

C'est facile.

PICHERIC.

Et si ça me séduit, marché conclu; je suis tout rond, et vous?

BERNARD, *riant.*

Mais pas mal, comme vous voyez.

PICHERIC.

Alors, ça va marcher tout seul; montrez-moi les échantillons. (*Marthe a repris son rouet, Bernard va chercher des casiers.*) Je suis sûr pourtant d'avoir vu Robert rôder autour de cette maison... Que diable vient-il faire ici?

HENRIETTE *sort de sa chambre par l'escalier et apporte à sa mère une pile de serviettes.*

Tiens, mère, le linge est bien en ordre, à présent.

PICHERIC, *à part.*

Oh! la jolie fille!... je commence à comprendre!...

MARTHE.

Comment! tout ça!... oh! t'as trop travaillé, enfant... il n'y a pas de bon sens.

HENRIETTE, *apercevant Picheric.*

Un étranger!... (*Elle remonte à la fenêtre.*)

BERNARD, *redescendant.*

Voilà du froment qui est gros et ferme qu'il y en a plein la main... de l'avoine qu'on pourrait en charger son fusil... du seigle d'une fière venue... du...

PICHERIC, *regardant toujours Henriette.*

Oui, oui, c'est d'une assez belle venue! mais m'est avis que ce n'est pas là vot' plus bel échantillon.

BERNARD.

Excusez-moi... mais si.

PICHERIC.

Eh bien!... et celui-là, donc!... (*Il montre Henriette.*)

BERNARD.

Ma fille!

PICHERIC.

Ah! c'est vot' fille! je vous en fais mon compliment, c'est bien cultivé.

HENRIETTE, *à la fenêtre, à part.*

Je ne l'ai pas vu depuis ce matin.

BERNARD.

N'est-ce pas qu'elle est jolie, not' fille?

* Henriette, Marthe, Bernard, Picheric.

PICHERIC, *à part.*

Je crois bien! que trop, pour ce fou de Robert!

BERNARD.

Nous allons la marier après la récolte.

PICHERIC, *à part.*

La marier!... est-ce que?... (*Haut.*) Avec qui?

BERNARD.

Avec qui?... avec un gars, donc!

PICHERIC. .

Du pays?

BERNARD.

Tiens!... c'te farce!... avec Mathurin le meunier; un fameux parti.

PICHERIC.

Avec Mathurin!... (*A part.*) Ah! je respire...

BERNARD.

Je parie qu'elle attend son amoureux.

MARTHE, *qui n'a pas quitté sa fille des yeux, à part.*

Henriette est toujours bien triste. (*Tonnerre.*)

PICHERIC.

Oh! oh! on dirait que nous allons avoir de l'orage.

MARTHE.

Ferme la fenêtre, Henriette, et viens t'asseoir près de moi. (*Henriette ferme la fenêtre et vient s'asseoir. A part.*) Comme elle est pâle! (*Haut.*) Tu ne souffres pas, mon enfant?

HENRIETTE.

Non, ma mère.

BERNARD.

Eh ben! qu'est-ce que vous dites de mes grains?

PICHERIC.

Qu'ils sont superbes, et que nous nous reverrons pour terminer l'achat.

BERNARD.

A votre aise. (*Il serre ses échantillons. Nuit au fond.*)

PICHERIC, *à part.*

Oh! je connais Robert... il ne renoncera pas facilement à une pareille conquête... Allons, allons, je sais maintenant tout ce que je voulais savoir.

BERNARD, *qui est remonté.*

Tiens! v'là Mathurin.

HENRIETTE, *se levant, à part.*

Mathurin!

BERNARD.

Il arrive à temps pour ne pas être trempé jusqu'aux os. (*A Picheric.*) Vous devriez attendre un brin... monsieur Christophe.

PICHERIC.

Merci! merci! j'aime la pluie.

BERNARD.

Eh bien! vous y avez la main. (*La pluie tombe.*)

SCENE III.

LES MÊMES, MATHURIN. (*Porte du fond.*)

MATHURIN, *il cache derrière lui un bouquet.*

Bonsoir, père Bernard... bonsoir, mère Marthe. (*Il l'embrasse.*)

MARTHE *et* BERNARD.

Bonsoir, mon garçon.

MATHURIN.

Mamzelle Henriette!

HENRIETTE.

Monsieur Mathurin!

PICHERIC, *qui a observé, à part.*

Ce n'est pas celui-là qu'elle attendait... (*Haut.*) A bientôt, monsieur Bernard.

BERNARD.

Quand vous voudrez...

PICHERIC, *à part, en sortant.*

Ah! mademoiselle Bernard, si vous venez vous mettre en travers de mes projets, tant pis pour vous, je vous en avertis. (*Il se trouve en face de Mathurin qui le regarde; il lui rit au nez et sort.*)

MATHURIN.

Quoi donc? quoi donc?...

BERNARD, *après avoir fermé la porte.*

Fais pas attention, c'est un original. (*Riant, regardant Mathurin.*) Et puis, c'est que t'as un si drôle d'air... où diable as-tu pêché c't'air-là?

SCENE IV.

MATHURIN, HENRIETTE, MARTHE, BERNARD.

MARTHE, *à part.*

Pauvre garçon!

MATHURIN.

Je ne sais pas quel air que j'ai, monsieur Bernard... mais c'est sans doute celui qui convient aux choses que j'ai dans le cœur.

BERNARD.

Et qu'est-ce qu'il y a dans ton cœur, Mathurin?

MATHURIN.

Oh! vous le savez bien... il y a un grand amour pour vot' demoiselle.

HENRIETTE.

Monsieur Mathurin!*

MATHURIN.

J'ai peut-être la mine ridicule, mamzelle, mais dame! il y a un si grand chaos dans mes idées... Tout le long du chemin, je me suis fait une grande leçon pour m'apprendre comment je vous dirais ça... mais à présent que je suis en face de vous... je ne m'en souviens plus... et, de toutes mes belles phrases, il ne me reste plus que ce mot à vous dire : je vous aime. (*Mouvement d'Henriette.*)

BERNARD, *riant, à part. Il remonte au fond.*

Ah! ma fine, il l'a dit!

MATHURIN.

Oui, mademoiselle, je vous aime, et depuis si longtemps que je ne sais plus quel jour cet amour-là est venu au monde... il me semble que j'ai toujours vécu avec lui... Si je vous parle ainsi, c'est avec la permission de vos père et mère, mamzelle, car s'ils n'avaient pas accueilli ma demande, j'aurais jamais osé vous dire tout ça... oh! non, mais j'en serais mort de chagrin.

HENRIETTE, *émue.*

Mathurin!

MATHURIN, *à Bernard.*

Mademoiselle Henriette ne me répond pas... je voudrais pourtant bien savoir... car je souffre ben, voyez-vous.

HENRIETTE.

Monsieur Mathurin... c'est à mon père de vous répondre.

BERNARD, *qui a allumé du feu.*

Attends, mon garçon. Mathurin, t'es un brave et digne garçon... honnête, aborieux, aimant comme on doit aimer, avec ardeur et respect, pour lors et pour ce qui est de not' consentement, tu l'as. (*Avec douceur.*) Henriette, (*allant à elle*) à quand la noce?

HENRIETTE.

Mon père!

MATHURIN.

Oh! rassurez-vous, mamzelle; je n'espère pas comme ça tout d'un coup un bonheur que je rêve depuis tant d'années... ce que je viens vous dire aujourd'hui, c'est qu'avec le consentement de vos parents, j'espère me faire aimer de vous... Acceptez-moi pour vot' fiancé, mamzelle... je suis tout seul au monde... mon père et ma mère sont morts, et je n'ai pas de famille... je vou-

* Henriette, Mathurin, Marthe, Bernard.

drais que la vôtre devienne la mienne, et il me semble que je l'aimerais autant que celle que le bon Dieu m'avait donnée.

MARTHE, *l'embrassant.* *

Bien... bien parlé, Mathurin, moi je t'aimerai comme un fils !...

HENRIETTE, *à part.*

Mon Dieu ! aurai-je le courage de briser tant de bonheur !

MATHURIN.

Vous ne répondez pas, mamzelle Henriette, vous voulez réfléchir encore... Eh bien ! j'attendrai... et même, vous n'aurez pas la peine de dire une parole... pénible peut-être...

HENRIETTE, *avec un mouvement.*

Mathurin !

MATHURIN.

Non, n'est-ce pas ?... C'te parole-là, ça sera une parole d'espoir, mais c'est égal... Tenez, voilà des fleurs que je vous ai apportées, elles viennent du petit jardin que ma mère aimait à cultiver ; je vais les mettre en sortant sur le bord de votre fenêtre... si demain elles y sont encore, ça voudra dire, mamzelle Henriette, que devant tous, vous m'acceptez pour votre fiancé, et que vous me permettrez de consacrer ma vie à vous rendre heureuse. Dites, le voulez-vous ?

HENRIETTE, *d'une voix faible et après avoir regardé autour d'elle.*

Oui, monsieur Mathurin. **

MATHURIN.

Oui... vous avez dit oui... Oh! il me semble que le paradis est entré dans mon cœur ! Mère Marthe... (*Il l'embrasse.*) Bernard... (*Il lui serre la main.*) Je...je... Oh! je ne peux plus parler... je... A demain... à demain ! (*Il sort en envoyant des baisers à Henriette et met le bouquet sur la fenêtre en dehors.*)

SCÈNE V.

MARTHE, BERNARD, HENRIETTE.

HENRIETTE.

Mère, ça te rendrait donc bien heureuse si j'épousais Mathurin ?

MARTHE.

Oui, parce que c'est un digne garçon qui a le cœur bien placé... et qui est capable de t'aimer toujours.

HENRIETTE, *allant à son père.*

Et vous, père ?

BERNARD.

Moi, morguienne... Tiens! vois-tu... si j'étais femme, tu ne l'épouserais pas !... je le garderais pour moi.

* Henriette, Mathurin, Marthe, Bernard.
** Mathurin, Henriette, Marthe, Bernard.

HENRIETTE.

C'est bien, j'épouserai Math... (*Coup de tonnerre. Elle tombe assise.*) Et Robert, mon Dieu, et Robert!

MARTHE.

Ciel!... Qu'as-tu, Henriette?

HENRIETTE.

Rien... rien... c'est cet orage... vous savez, ma mère, combien il me fait mal.

MARTHE.

Oui, c'est vrai.

HENRIETTE.

Il y a des moments où il me semble que tout s'éteint en moi! je ne sens plus rien... rien... et je crois que je vais mourir.

MARTHE, *effrayée.*

Mon enfant!.. (*Bas à Bernard.*) Et dire que c'est toujours comme ça... il y a des instants où je crois qu'on lui a jeté un sort.

BERNARD.

Allons, t'es folle... ça va se calmer... voilà l'orage qui s'éloigne!

HENRIETTE.

Non... non... il approche au contraire. Oh! je le sens bien... je le sens bien. (*Touchant sa tête et son cœur.*) Là et là. (*Coup de tonnerre. La porte s'ouvre violemment et donne passage à un étranger couvert d'un grand manteau tout chargé de pluie. Henriette et Marthe poussent un cri. Bernard saisit son fusil.*)

SCENE VI.

LES MÈMES, L'ETRANGER.*

L'ÉTRANGER, *riant.*

Merci de la réception! Rassurez-vous, braves gens, je ne suis pas tout à fait le diable... Je vous dérange... mais, ma foi, il fait un temps à ne pas mettre un sorcier dehors... (*Il va pour sortir.*)

BERNARD, *le retenant.*

Pardon... pardon, monsieur, votre entrée un peu...

L'ÉTRANGER.

Orageuse.

BERNARD.

A effrayé les femmes et m'a surpris moi-même; mais c'est passé, et je vous supplie de rester... Pierre Bernard n'a jamais refusé l'hospitalité à personne. (*Marthe lui prend son manteau qu'elle étend.*)

L'ÉTRANGER.

Eh bien! j'accepte... le peu de mots que vous m'avez dits... vous êtes un brave homme, vous.

BERNARD.

Monsieur...

* Marthe, Henriette, l'Etranger, Bernard.

L'ÉTRANGER.

Vous êtes un brave homme !... je ne me trompe jamais...

BERNARD.

Eh bien ! c'est la vérité.

L'ÉTRANGER.

Votre femme, n'est-ce pas ?

MARTHE.

A votre service, monsieur.

L'ÉTRANGER, *apercevant Henriette.*

Ah ! votre fille ?

MARTHE.

Oui, monsieur. (*Bas à Bernard.*) Je trouve qu'il est bien curieux !

L'ÉTRANGER, *prenant la main d'Henriette.*

L'orage semble vous faire beaucoup souffrir, mademoiselle.

HENRIETTE.

En effet, je...

MARTHE.

C'est toujours ainsi... (*A part.*) Pourquoi donc qu'il la regarde comme ça ?

L'ÉTRANGER.

Pardon, mais j'ai mon cheval attaché aux barreaux de votre fenêtre, et...

BERNARD.

Oh ! j'y vais... j'y vais moi-même... (*A Marthe.*) Allons, Marthe, prépare la chambre d'en bas, va... nous avons de l'orage pour jusqu'à demain. (*A l'Etranger.*) Je vais mettre vot' cheval dans l'écurie de Charlot.

L'ÉTRANGER.

Charlot ?

BERNARD.

C'est notre âne, sauf vot' respect. Oh ! ils s'entendront !... Charlot est la bonté même... Au revoir, monsieur. (*Il sort.*)

MARTHE.

Viens avec moi, Henriette... secoue-toi un peu. (*Henriette remonte au buffet, et apporte sur la table une bouteille et un verre sur une assiette.*)

L'ÉTRANGER.

Non... laissez, brave femme... laissez... je suis un peu médecin !

MARTHE.

Oh ! oh ! c'est différent... un médecin !... Je vas mettre des draps blancs. (*Elle sort.*)

HENRIETTE, *qui a préparé un couvert.*

Tenez, monsieur, si vous voulez. (*L'Etranger remplit son

* Henriette, Marthe, Bernard, l'Etranger.

verre, le porte à ses lèvres sans quitter Henriette du regard. Elle semble lutter contre la fixité du regard, elle finit par s'affaisser sur une chaise, près de la table.) Monsieur, vous me faites mal... assez, assez.

L'ÉTRANGER.

O hasard ! merci !... Je saurai ce que je veux savoir !... *(Il va regarder partout et revient près d'Henriette.)* Jeune fille, m'entends-tu ?

HENRIETTE.

Oui.

L'ÉTRANGER.

Quitte cette chaumière, remonte la route de Poitiers, va... va... va toujours, et ne t'arrête qu'aux frontières d'Espagne. Ne vois-tu pas une chaise de poste ? quatre chevaux... deux postillons... et dans l'intérieur, un homme vêtu de noir ?

HENRIETTE.

Je ne vois rien.

L'ÉTRANGER. *lui saisissant la main.*

Je t'ordonne de voir !

HENRIETTE, *après un tressaillement.*

Je vois.

L'ÉTRANGER.

Ah ! que vois-tu ?

HENRIETTE.

Une chaise de poste poursuivie par des cavaliers... ils vont l'atteindre... ah !

L'ÉTRANGER.

Quoi donc ?

HENRIETTE.

Dans un chemin creux, la voiture...

L'ÉTRANGER.

Eh bien !

HENRIETTE.

Versée ! L'abbé, Port...

L'ÉTRANGER.

Pas son nom ! l'abbé que lui arrive-t-il ?

HENRIETTE.

Il est inquiet...

L'ÉTRANGER.

De quoi...

HENRIETTE.

De sa valise... on parle de l'ouvrir... on l'ouvre.

L'ÉTRANGER.

Ciel ! et ses papiers...

HENRIETTE.

Saisis!

L'ÉTRANGER.

De quoi parle-t-on? écoute, écoute!

HENRIETTE.

On parle de conjuration.

L'ÉTRANGER.

A-t-on prononcé un nom?

HENRIETTE.

Oui!

L'ÉTRANGER.

Lequel?

HENRIETTE.

Celui du prince Cellamare.

L'ÉTRANGER.

Grand Dieu! et l'abbé?

HENRIETTE.

Saisi... bâillonné.

L'ÉTRANGER.

Où le conduisent ils?...

HENRIETTE.

A Paris.

L'ÉTRANGER.

Et mon nom qui se trouve parmi les papiers saisis... mais grâce au ciel on ne pourra m'atteindre... et mes amis eux-mêmes... j'ai jusqu'à demain pour leur écrire de se tenir sur leurs gardes... et cela suffira, nous serons sauvés! Grâce à cette enfant que Dieu a jetée sur ma route.

MARTHE, *en dehors.*

Henriette!

L'ÉTRANGER.

Sa mère!... Henriette, réveillez-vous, je le veux! (*Henriette s'éveille, Marthe paraît, l'Étranger vide tranquillement son verre. Demi nuit.*)

SCENE VII.

LES MÊMES, MARTHE.

MARTHE *entre par la gauche, un flambeau à la main.*

Henriette, prends dans l'armoire, le... Ah! mon Dieu! qu'a-t-elle donc?

HENRIETTE.

Moi... je ne sais... il me semble...

L'ÉTRANGER.

La tempête a agi violemment sur l'organisation délicate et

nerveuse de votre enfant, et tout à l'heure, une sorte de lé-
thargie... Mais rassurez-vous, ce ne sera rien ; du repos, de la
tranquillité surtout !...

HENRIETTE, *à part.*

De quel ton il m'a dit cela !

L'ÉTRANGER.

Ma chambre est-elle prête, dame Marthe ?

MARTHE.

Oui, monsieur.

L'ÉTRANGER.

Merci... croyez que je n'oublierai pas votre hospitalité... Mademoiselle Henriette, permettez-moi de... (*Il l'embrasse au front.
A part.*) Pauvre enfant !... il y a dans ses traits plus que de l'agi-
tation, il y a de la souffrance. (*Haut.*) Bonsoir.

MARTHE.

Je vas vous montrer votre chambre, monsieur. (*A Henriette.*)
Et toi, Henriette, à ta place, je suivrais l'avis du médecin...
j'irais me reposer.

HENRIETTE.

Oui, merci... oui, j'y vais. (*Elle suit l'Étranger des yeux.*)

L'ÉTRANGER, *à part.*

Il faudra que je sache à quoi m'en tenir. (*Il a pris son manteau, et jette sur Henriette un regard de reconnaissance.*) Allons,
je vous suis, dame Marthe. (*Il entre à gauche, précédé de Marthe.
Nuit à la rampe.*)

SCENE VIII.

HENRIETTE, *puis* ROBERT.

HENRIETTE, *le regardant sortir.*

C'est étrange... quelle influence extraordinaire cet homme
a-t-il donc sur moi... tant qu'il est resté dans cette chambre,
j'ai eu peur.. maintenant qu'il s'est éloigné... je ne sais quel
sentiment irrésistible m'attire vers lui... (*Henriette a pris un
flambeau, sur le buffet, au fond, et vient l'allumer à la cheminée.*)
Allons, chassons toutes ces idées... Robert ne viendra pas ce
soir... l'orage sans doute l'aura retenu... pourtant j'aurais bien
voulu lui dire...

ROBERT, *qui est entré sur les derniers mots.*

Quoi donc, Henriette ?

HENRIETTE.

Robert !

ROBERT.

Vous croyiez que je ne viendrais pas, c'est mal, Henriette...
ne savez-vous pas qu'il m'est impossible de passer un jour sans
vous voir ?

HENRIETTE.

Écoutez-moi, Robert, et pardonnez-moi mon courage.

ROBERT.

Comment?

HENRIETTE.

La raison m'en fait un devoir.

ROBERT,

Expliquez-vous !

HENRIETTE.

Robert, il faut m'oublier... il faut cesser de nous voir.

ROBERT.

Vous oublier!... Ne plus vous voir!... Allons donc! est-ce que c'est possible!... Mais vous ne m'aimez donc pas, Henriette?

HENRIETTE.

Je ne vous aime pas?... Ah! Robert, est-ce que mes larmes ne vous prouvent pas le contraire?

ROBERT.

Mais alors, pourquoi me parlez-vous de séparation, d'oubli?

HENRIETTE.

Parce que je ne m'appartiens plus... parce que je suis la fiancée d'un autre.

ROBERT.

D'un autre !

HENRIETTE.

Tout à l'heure, Mathurin est venu demander ma main à mon père.

ROBERT.

Eh bien?

HENRIETTE.

J'ai promis.

ROBERT.

Oh! mais, vous ne tiendrez pas cette promesse.

HENRIETTE.

Si, Robert : y manquer ce serait briser le bonheur de ceux qui m'ont élevée, car ce mariage c'est le vœu de ma mère, l'espoir de mon père.

ROBERT.

Vous appartiendriez à un autre?... Vous pourriez en aimer un autre!... Oh! ne dites pas cela, Henriette, ne dites pas cela!... car vous me rendriez fou... et je tuerais cet homme...

HENRIETTE.

Robert !

ROBERT.

Henriette, vous êtes toute ma vie, tout mon bonheur, et je vous disputerai à l'univers entier.

HENRIETTE.

Mais alors, Robert... pourquoi n'agissez-vous pas comme Mathurin?... pourquoi ne demandez-vous pas, comme lui, ma main à mon père?

ROBERT.

Pourquoi?... parce que je n'ai pas de nom à vous offrir, Henriette.

HENRIETTE.

Comment?

ROBERT.

Je suis sans famille, sans fortune.

HENRIETTE.

Ah!

ROBERT.

Je n'avais que mon amour, et je vous l'ai donné, Henriette.

HENRIETTE.

Robert!

ROBERT.

Mais j'ai un espoir qui se réalisera bientôt, peut-être... et alors... je pourrai venir frapper à la porte de Pierre Bernard, je pourrai lui demander hautement la main de sa fille, car je ne serai plus un enfant perdu, abandonné, Henriette, j'aurai un nom... et un nom qu'une femme sera fière de porter.

HENRIETTE, *allant à Robert.*

Que voulez-vous dire?

ROBERT.

Ne m'interrogez pas... bientôt je vous dirai tout; mais jusque-là, attendez, Henriette... ne me retirez pas le bonheur que vous m'avez donné, laissez-moi cet amour qui fait toute ma force, tout mon courage.

HENRIETTE.

Mon Dieu, mon Dieu!... est-ce vrai?

ROBERT.

Henriette, Henriette!... je t'aime! (*Il l'entoure de ses bras.*)

HENRIETTE.

Robert... je vous en prie, laissez-moi. (*Elle monte l'escalier.*)

ROBERT. (*Il se met à genoux.*)

Henriette, un mot, un seul... Je vous reverrai, n'est-ce pas?

HENRIETTE, *après un moment d'hésitation.*

Oui.

ROBERT.

Et tu m'aimeras toujours?

HENRIETTE, *sur le seuil de la porte, baissant les yeux.*

Toujours. (*Elle sort.*) — (*Picheric est entré sans être vu, il a pris la bouteille et s'est assis devant le feu.*)

SCENE IX.

ROBERT, PICHERIC.

PICHERIC, *buvant.*

A vos amours, Robert !

ROBERT.

Picheric !

PICHERIC.

Ah çà, on dirait que ma présence ne t'est pas des plus agréables... Ingrat ! nous avons donc des secrets champêtres pour notre ami ?

ROBERT.

Plus bas, Picheric, plus bas.

PICHERIC.

Oh ! oh ! nous avons peur d'être entendu, mauvais sujet... Allons, venez tout de suite demander pardon à votre ami, venez lui avouer vos torts.... et comme il a le cœur sensible, il pardonnera. (*Il remonte au fond.*) Partir maintenant, non ! (*Il apporte un verre.*) Il vaut mieux rester. Voyons, Robert, raconte-moi tes fredaines, je suis en gaîté, ça m'amusera. (*Il s'assied et verse à boire.*)

ROBERT.

Mon Dieu ! Picheric... je ne sais pas ce que tu veux dire... je n'ai rien à t'apprendre.

PICHERIC.

Ca, c'est vrai, je sais tout.

ROBERT.

Tout !... quoi donc.

PICHERIC.

Je sais que tu t'amuses à roucouler avec une paysanne de...

ROBERT.

Plus bas, donc !

PICHERIC.

Tu l'as déjà dit... mais, mon cher, il n'y a pas à dire, il faut renoncer a cette idylle, car, dans quelques heures, nous partons.

ROBERT.

Cependant...

PICHERIC.

Oui, je sais ce que tu vas me dire... La campagne est superbe ! Henriette est charmante, et l'amour t'attache au rivage.

ROBERT.

Eh bien ! si cela était !... si en effet la grâce naïve, les charmes de cette enfant... son amour pur et discret.

PICHERIC, *riant.*

Ah ! ah ! ah !

ROBERT.

Oh! ne ris pas.... je te le défends !...

PICHERIC, *riant plus fort.*

C'est uniquement pour t'obéir.

ROBERT.

Tiens! veux-tu rompre à tout jamais, Picheric?... veux-tu oublier pour toujours le pacte qui nous lie l'un à l'autre?

PICHERIC.

Ah ça, mais tu es fou ?

ROBERT.

Non, je suis amoureux... sérieusement, de cette jeune fille que j'ai rencontrée sur ma route il y a quinze jours à peine.

PICHERIC, *riant.*

Avec son âne, monsieur Charlot, je gage !... j'en ai ouï parler. Le coursier l'emportait éperdue à travers les halliers, tu t'es précipité au devant, et...

ROBERT.

Oui.

PICHERIC, *riant.*

Parbleu !

ROBERT.

Dans sa terreur, Henriette avait perdu sa coiffe, ses cheveux étaient en désordre. Oh ! qu'elle était jolie ainsi !

PICHERIC.

Et enfin... depuis?

ROBERT.

Depuis, elle revint presque chaque jour.

PICHERIC.

Toujours montée sur son âne qui ne s'enfuyait plus, cette fois.

ROBERT.

Non, mais qui s'arrêtait instinctivement, au contraire, à cette même place où je l'avais reçue dans mes bras.

PICHERIC.

Séducteur, va!... encore une victime!

ROBERT.

Oh! non. Henriette a résisté à mes prières, à mon amour.

PICHERIC, *à part.*

Diable! j'aimerais mieux qu'il en fût autrement.

ROBERT.

Mais je le jure, Henriette sera à moi.

PICHERIC.

Qu'espères-tu donc?

ROBERT.

Le sais-je moi-même?

PICHERIC.

Dépêche-toi de prendre un parti! cette nuit même... car, je te le répète, demain il faut partir.

ROBERT.

Eh bien!... écoute, je servirai tes projets de fortune.

PICHERIC, *riant.*

Tu pourrais bien dire les nôtres.

ROBERT.

Je t'obéirai aveuglément, mais... tu me laisseras emmener cette jeune fille.

PICHERIC.

Tu es fou!

ROBERT.

Eh bien, alors...

PICHERIC.

Allons, soit, buvons... (*à part*) nous verrons après.

ROBERT *arrache une feuille de son carnet, et écrit.*

« Cette nuit même, Henriette, il faut que je vous parle... A » minuit, je serai devant la fenêtre de la salle basse; venez » l'ouvrir. »

PICHERIC, *riant.*

Ajoute : Il y va de ma vie... c'est un vieux moyen, mais il réussit toujours. (*Robert a plié le papier et le glisse sous la porte d'Henriette, à gauche, en haut de l'escalier.*)

ROBERT.

Demain, Picheric, je serai tout à toi.

PICHERIC.

Et tu ne t'en repentiras pas, je te le jure... Robert, je t'ai promis un grand nom et une immense fortune... Si tu me secondes, bientôt tu habiteras l'hôtel du feu duc de Royan.

ROBERT.

Que veux-tu dire?

PICHERIC.

Rien de plus aujourd'hui; à demain les affaires sérieuses.

ROBERT.

A demain donc, à demain. (*Il sort.*)

SCÈNE X.

PICHERIC, *seul; puis* L'ÉTRANGER.*

PICHERIC.

Cet amour-là m'inquiète... Si j'avertissais le père?... Bah!

____

* L'Étranger, Picheric.

Robert prendrait d'autres moyens ; j'aime mieux être dans leur confidence... C'est égal, je prévois que cette fille-là pourra me gêner un jour,

L'ÉTRANGER, *qui est entré depuis un instant, est venu s'appuyer près du buffet qui est près de la porte du fond.*

Vous vous en débarrasserez, parbleu !

PICHERIC.

Lui !... encore lui !...

L'ÉTRANGÉR.

Un crime de plus ou de moins, vous ne devez pas y tenir, n'est-ce pas, maître Picheric ?

PICHERIC.

Monsieur !

L'ÉTRANGER.

Est-ce que vous ne vous souvenez pas de m'avoir passé votre épée au travers du corps un soir qu'il pleuvait et que je sortais d'un tripot où j'avais gagné au jeu... j'ai oublié le chiffre ; combien y avait-il dans ma bourse ?

PICHERIC.

Je ne sais ce que vous voulez dire.

L'ÉTRANGER, *riant.*

Des façons !... Ce n'est pourtant pas dans vos habitudes, vous n'en faisiez pas avec moi ce jour-là... Tudieu ! quelle estafilade ! un magnifique coup d'épée... Seulement, comme la pointe me sortait par devant, ça vous fait beaucoup moins d'honneur.

PICHERIC.

Mais...

L'ÉTRANGER.

Ça ne va pas mal, je vous remercie... Que voulez-vous ?... moi, je ne meurs jamais.

PICHERIC.

Finissons-en... Que me voulez-vous ?

L'ÉTRANGER.

Je veux vous dire ce que vous avez été, ce que vous êtes et ce que vous serez... Vous avez été un fripon, vous êtes un coquin, et vous serez pendu... (*Picheric hausse les épaules.*) Ancien officier de fortune, vous avez mis pendant vingt ans votre épée au service de toutes les puissances... mais l'ingratitude des hommes vous a décidé à faire fortune par vous-même... et vous en cherchez le moyen, de concert avec votre complice, l'homme que vous appelez provisoirement Robert aujourd'hui et que vous espérez nommer bientôt Robert de Royan, et voici pourquoi... (*Picheric s'assied à droite.*) Si je vous ennuie, vous me le direz... Or, feu monsieur le duc de Royan était affreusement jaloux; la duchesse, sa femme, était pourtant le modèle de toutes les vertus, et il la soupçonnait, c'est toujours comme ça, on ne vous soupçonne pas, vous... (*Changeant de ton.*) Enfin, monsieur le duc se mit un beau jour dans la cervelle que son fils n'était pas son fils, le jeune Robert avait deux ans à peine; monsieur le duc le fit enlever secrètement et conduire à la Martinique... Il y est resté pendant vingt-deux années, abandonné aux soins de je ne sais qui, ignorant le nom de sa famille et jusqu'à son nom de baptême... On l'appelait Raymond tout court... Il y a un an, dans un duel, vous serviez par hasard de témoin à monsieur le duc de Royan lui-même... Monsieur le duc fut frappé mortellement... Il n'y avait personne là que vous, et la mort approchait... alors le duc vous remit une lettre pour la duchesse. Dans cette lettre il la réhabilitait, il lui demandait pardon, car le jour même il avait eu la preuve de l'innocence de sa femme. Le duc vous parla du fils arraché à sa mère, il vous donna les moyens de le lui rendre... et il mourut. Bientôt vous étiez le confident, l'ami de la duchesse... et vous aviez mission de ramener le fils du duc de Royan. Voilà le premier volume de votre histoire, monsieur!

PICHERIC, se levant.

Pardon, vous devez être fatigué, je vais vous dire le second. (*L'Etranger le regarde avec étonnement.*) Au moment de m'embarquer, je rencontrais un matelot de mes amis, nommé Bertram... je le mettais au courant de l'aventure, et il m'apprenait que le jeune Raymond avait voulu revenir en France et que le vaisseau qui le ramenait avait péri corps et biens... mon ami faisait parti de l'équipage et avait été sauvé par miracle. Quant au jeune homme, il ne restait de lui qu'une cassette dont ce cher Bertram avait hérité... elle renfermait de l'or et des papiers, le journal circonstancié de la vie du jeune homme, jour par jour, heure par heure... Bertram garda l'argent et me remit les papiers. Alors une idée me vint... mon cœur saignait en songeant à la douleur de la duchesse quand elle apprendrait la mort de son fils, et, ma foi! je résolus de lui épargner des larmes.

L'ÉTRANGER.

Et voilà pourquoi, dans quelques jours, vous mettrez monsieur Robert dans les bras de la duchesse de Royan. Eh bien! j'exige que vous renonciez à vos projets sur l'héritage du duc et que vous empêchiez Robert de séduire Henriette Bernard.

PICHERIC.

Pardon, monsieur le comte de...

L'ÉTRANGER.

Tu sais mon nom ?

PICHERIC.

Vous savez bien le mien... Monsieur le comte, il y a six mois...

L'ÉTRANGER.

Tu étais au prince de Cellamare et tu l'as trahi...

PICHERIC.

Peut-être bien... peut-être bien aussi qu'à cette heure...

L'ÉTRANGER.

L'abbé Porto-Carrero est arrêté, je le sais.

PICHERIC, *riant.*

C'est merveilleux !... Eh bien ! mais... dites donc... est-ce que vous n'êtes pas un peu là-dedans, monsieur le sorcier... Oh! c'est grave, vous vouliez tout simplement ôter la régence du royaume de France au duc d'Orléans pour la donner au roi Philippe V... Savez-vous qu'il y a là de quoi faire tomber bien des têtes sans compter la vôtre? Mais ne craignez rien, je ne m'occupe plus de politique, je ne vous trahirai donc pas... mais procédé pour procédé... autrement, dame!... Je vous en préviens, nous sommes parfaitement entourés sans que ça paraisse, et... je puis compter sur votre discrétion, n'est-ce pas, monsieur le comte?

L'ÉTRANGER, *à part.*

Il me tient!... Encore s'il n'y allait que de ma vie à moi-même...

PICHERIC.

Mais il y va aussi de celle de vos amis ; voulez-vous que je vous les nomme?

L'ÉTRANGER.

Assez... c'est bien... mais du moins respecteras-tu cette jeune fille ? (*Il traverse.*)

PICHERIC, *riant.*

Moi? je vous le promets.

L'ÉTRANGER.

Trêve de raillerie.

PICHERIC.

Ah! s'il s'agit de Robert, c'est différent. Je le connais... tant qu'Henriette lui résistera, son amour ne finira pas, et le temps presse... tandis que si le contraire arrive, je suis sûr de l'emmener dans quelques heures. Il faut donc que vous me juriez de ne rien dire, ni aux parents, ni à Henriette Bernard, ni à qui que ce soit; monsieur le comte, donnez-moi votre parole de gentilhomme...

L'ÉTRANGER, *avec mépris.*

Ma parole de gentilhomme, à toi!

PICHERIC.

Je vous la rendrai demain.

L'ÉTRANGER, *frappé d'une idée.*

Ah!... (*A Picheric.*) Je te jure de me taire.

PICHERIC.

A la bonne heure; j'étais bien sûr que nous finirions par nous entendre. (*Saluant.*) Monsieur le comte, j'ai l'honneur de vous présenter mes respectueux hommages. (*Il sort par le fond.*)

SCÈNE XI.

L'ÉTRANGER, *puis* HENRIETTE, *venant de l'escalier.*

L'ÉTRANGER.

Oui, oui, je veillerai sur elle... elle ne tombera pas au pouvoir de ces misérables... Robert lui a écrit... si elle veut aller à ce rendez-vous, je saurai bien... (*Ecoutant.*) On se dirige de ce côté... c'est elle... je reconnais son pas... Henriette, je te le jure, je te sauverai d'eux! je te sauverai de toi-même. (*Il se cache.*)

HENRIETTE, *entrant, elle tient la lettre de Robert.*

« Il y va de ma vie... » Que veut-il dire?... je tremble, mon Dieu !... je fais mal... mais s'il disait vrai... si sa vie était en danger !... Oh ! n'hésitons plus. (*Elle va à la fenêtre et aperçoit le bouquet.*) Ah ! le bouquet !... pauvre Mathurin ! il est bien heureux aujourd'hui... et demain quand il ne retrouvera plus ces fleurs ! il souffrira !... mais lui, lui, Robert ! Oh! donnons-lui le signal, ouvrons cette fenêtre. (*Elle va à la fenêtre. L'Etranger est sorti de l'ombre et a marché lentement vers Henriette. Au moment où elle étend la main vers le bouquet, celle-ci chancelle, recule et vient s'asseoir à gauche.*) Qu'ai-je donc? ce que j'éprouve, je l'ai éprouvé déjà !... (*Elle se retourne, aperçoit l'Etranger fixant les yeux sur elle. Elle pousse un cri étouffé, étend les bras, puis s'affaisse dans le fauteuil et reste immobile en laissant tomber à ses pieds la lettre de Robert.*)

L'ÉTRANGER, *avec joie.*

Ah! enfin ! elle dort, elle n'ira pas à ce rendez-vous, et j'ai la nuit pour écrire mes dépêches... (*Il va s'asseoir à la table de droite et se met à écrire. L'orage recommence.*)

ACTE I.

A gauche, la maison de Bernard; devant la maison, un auvent au-dessus
duquel on lit : *Bernard, marchand de grains.* A droite, un cabaret.
Au fond, la campagne; la route est praticable, s'élève en tournant sur
elle-même, et se perd dans la coulisse à droite.

SCENE I.

BELZÉBUTH, *sergent recruteur, entouré de Paysans enrôlés,
occupe une des tables du caburet, sous une tonnelle,* MATHU-
RIN, *à gauche, contemple avec désespoir le bouquet tombé à
ses pieds. Des femmes boivent avec les Conscrits.*

CHOEUR DES CONSCRITS.

Dans le militaire,
On fait tour à tour
L'amour et la guerre.
Dans le militaire,
On fait tour à tour
La guerre et l'amour.

BELZÉBUTH, *aux Conscrits.*

Vous aurez un bel uniforme,
Un beau chapeau d'or et d'argent;
Vous aurez des bottes énormes,
Et tout d' suit' le grad' de sergent.
Vous aurez un' bell' carabine,
Un ch'val ben caparaçonné,
Avec ça si l'on a bonn' mine,
On n' doit point-z-en être étonné.

CHOEUR.

Dans le militaire, etc.

BELZÉBUTH.

Pour les r'pas, on a la coutume
De n' donner, à la vérité,
Que du pain noir et des légumes,
Mais ça s' mange en socilliété;
D'une eau clair' chacun boit rasade,
Pour dessert on a sa gaîté ;
Après ça si l'on est malade,
On peut ben zen être étonné.

CHOEUR.

Dans le militaire, etc.

BELZÉBUTH, *prenant deux femmes sous son bras.*

> Pour la paie, c'est une autre affaire,
> Il vous rest' ben un sou par jour ;
> Mais un aimable militaire
> Doit en faire hommage à l'amour.
> Pour que les belles soient contentes,
> Il ne faut jamais lésiner ;
> Après ça si l'on s' fait des rentes,
> On peut ben zen être étonné.

CHOEUR.

Dans le militaire, etc.

MATHURIN, *assis près de la maison de Bernard.*

Pauvres fleurs !... si fraîches et si parfumées hier !... Ah ! vous n'êtes pas plus flétries, plus désolées que mon cœur !... Ainsi donc, Henriette ne m'aime pas, et voici sa réponse... Mon Dieu ! mon Dieu !... je voudrais mourir !

BELZÉBUTH, *s'approchant de lui.*

Mourir, toi !... Allons donc... pour une misère !... pour un désespoir amoureux... il y a d'autres belles, l'ami, et quand ça ne serait que la gloire... c'est là une fière maîtresse !... et qui ne trompe que ceux qui sont sans courage et sans force !... Essaies-en et tu m'en diras des nouvelles.

MATHURIN.

Oh ! Henriette ! Henriette !

BELZÉBUTH.

Henriette ! c'est cette fille-là que tu aimes ?... Ah ! mon pauvre ami, je te plains !

MATHURIN.

La connaissez-vous donc ?

BELZÉBUTH.

Le sergent Belzébuth connaît toutes les jolies filles... et si j'ai un conseil à te donner, c'est de l'oublier et de venir avec nous.

MATHURIN.

Partir avec vous ?... quitter ce pays ?... ne plus la voir ?... ça me serait impossible, sergent... et d'ailleurs, si aujourd'hui elle repousse mon amour... peut-être que demain....

BELZÉBUTH.

Demain, elle aura suivi son séducteur.

MATHURIN.

Son séducteur !... sergent, vous men...

BELZÉBUTH.

Je crois que vous allez me manquer... Et si je te donne la

preuve qu'Henriette n'est plus digne de toi... qu'elle en aime un autre... nous suivras-tu ?

MATHURIN.

Oui... Mais cette preuve... je la veux à l'instant. (*Apercevant Marthe.*) Silence !

SCENE II.

Les Mêmes, MARTHE *et* BERNARD.

MARTHE, *sortant de chez elle.*

Mon Dieu!... où donc Henriette peut-elle être?... Je suis entrée dans sa chambre, le lit n'était point défait... et la fenêtre de la salle basse était toute grande ouverte ; je l'ai appelée, personne ne m'a répondu!... Ah! Mathurin, as-tu vu Henriette ?

BERNARD, *entrant, son fusil sur l'épaule.*

Maudite chasse ! pas plus de gibier que dans mes guêtres !... Bonjour, la mère!... bonjour, Mathurin... Eh ben! qu'est-ce que vous avez donc tous les deux ?

MARTHE.

Rien... rien.

MATHURIN.

Non... père Bernard, je n'ai rien... (*A Belzébuth.*) Venez, sergent, je suis des vôtres, si vous tenez votre promesse. (*Ils entrent au cabaret. Les femmes sortent derrière le cabaret.*)

BERNARD.

Ah çà, mais qu'est-ce qu'il y a donc ici? Mathurin a la mine tout à l'envers... est-ce qu'Henriette aurait changé d'avis?... Voyons, parle, mais parle donc.

MARTHE.

Oui... oui, c'est cela... Henriette aura sans doute fait de la peine à Mathurin... et...

BERNARD.

Tu n'en es donc pas sûre ! je vais savoir cela. (*Appelant.*) Henriette ! Henriette !... (*Il va à la porte.*)

MATHURIN,

Henriette n'y est pas.

BERNARD.

Où donc est-elle?

MARTHE.

Peut-être chez Marie de Royan, sa sœur de lait... car l'écurie est vide... et Henriette aura pris sans doute Charlot pour ne pas se fatiguer... elle aura voulu faire ses adieux à la duchesse, qui part ce soir même pour Paris, et...

BERNARD.

Tout ça... ça ne me semble pas clair... et Mathurin me dira

mieux sans doute ce que tu refuses de m'apprendre. (*Il entre au cabaret.*)

MARTHE.

O mon Dieu! mon Dieu... malgré moi j'ai peur!... après tout ce que je disais à Bernard, c'est peut-être la vérité... Si depuis un mois, Henriette s'absente des journées entières... c'est qu'elle va à Royan sans doute... C'est égal, c'est plus fort que moi!... je suis d'une inquiétude... (*Elle rentre chez elle.*)

SCENE III.

ROBERT, HENRIETTE. (*Ils entrent par le fond, Henriette est sur Charlot.*)

ROBERT.

Allons, Henriette, séchez bien vite ces beaux yeux... ton chagrin me fait injure, méchante !

HENRIETTE.

Vous m'aimez toujours... bien vrai ?

ROBERT.

Plus que jamais... et à cette heure, tu n'as pas plus le droit de douter de mon amour que moi du tien.

HENRIETTE.

Oh! non... car si vous m'abandonniez, Robert, il ne me resterait plus qu'à mourir !...

ROBERT.

Enfant !...

HENRIETTE.

Mais j'ai confiance en vous... en votre honneur... vous m'avez juré tout à l'heure encore d'être mon mari... et je vous crois... Songez-y, Robert... vous seul, à présent, pouvez me faire pardonner ma faute..

ROBERT.

Te faire pardonner?... mais ce pardon, Henriette, n'est-il pas tout entier dans l'amour que tu as pour moi?

HENRIETTE.

Oui... mais cependant... si vous le vouliez...

ROBERT.

Attends encore, chère Henriette... je te l'ai dit... des considérations impérieuses me forcent d'ajourner l'instant où je me présenterai chez ton père... jusque-là, patiente... je t'en conjure... dis, le veux-tu?

HENRIETTE, traversant.

Que puis-je faire, sinon de t'obéir !

ROBERT.

Tu n'as plus de chagrin ?

HENRIETTE.

Non... si... encore un peu... mais ça se passera.

ROBERT.

Laisse-moi donc essuyer tes dernières larmes. (*Il veut l'em-brasser.*)

HENRIETTE, *regardant autour d'elle.*

Mon Dieu! si on nous avait vus ensemble?

ROBERT.

Tranquillise-toi.

HENRIETTE.

Il se fait tard, Robert, il faut nous séparer. (*On entend la voix de Bernard.*) Ciel! mon père! (*Elle rentre chez elle.*)

ROBERT.

Le père! diable!... esquivons-nous! (*Il se cache derrière le cabaret.*)

BERNARD.

Encore un qui ne veut rien me dire... tonnerre! ça commence à me monter à la tête... Et ce sergent recruteur, avec ses demi-mots, ses sourires malicieux .. Ah! j'ai le cœur serré... et à tout prix il faut que je sache la vérité. (*Il rentre chez lui.*)

SCENE IV.

ROBERT, PICHERIC. (*Il descend de la montagne.*)

ROBERT.

Il n'est plus là, allons retrouver Picheric. (*Il se trouve en face de Picheric.*)

PICHERIC.

C'est inutile, me voilà.

ROBERT.

Comment se fait-il donc que tu sois ici?

PICHERIC.

Ah! je vais te dire... à mon tour, je commence à aimer la campagne... les soleils couchants.

ROBERT.

Te moques-tu de moi?

PICHERIC.

Non, vrai, j'ai décidément changé d'avis... Ce que tu m'as dit hier au sujet d'Henriette Bernard... cet amour si pur, si candide!... ma foi, j'ai passé toute la nuit à réfléchir, et je me suis dit que tu avais peut-être raison.

ROBERT.

Picheric!

PICHERIC.

Oui, oui, tu es fait pour la vie calme et simple... Au lieu d'un hôtel splendide, eh bien! tu auras une boutique modeste : BERNARD ET GENDRE, MARCHANDS DE GRAINS. Au lieu de cent femmes plus séduisantes les unes que les autres, tu auras une bonne campagnarde qui, chaque année, te donnera un marmot pour le jour de ta fête... voilà, voilà la vraie félicité. Adieu, Robert... moi, qui ne suis pas amoureux, je vais chercher les moyens de faire fortune ailleurs. (*Il remonte.*)

ROBERT, *l'arrêtant.*

Voyons, Picheric, tu ne m'as jamais parlé ainsi.

PICHERIC.

Je croyais que le bonheur n'était pas pour toi dans la misère et la solitude... je me suis trompé!... quittons-nous donc... épouse ta Dulcinée... sois heureux et renonçons à nos projets.

ROBERT.

Y renoncer... jamais!...

PICHERIC.

Ah! voilà enfin un mot raisonnable... Sache donc que je vais plus loin encore dans mes idées d'avenir... Marie de Royan, la nièce de la duchesse, (*souriant*) ta cousine future... elle est, dit-on, jeune et belle, mille fois plus belle que ton Henriette... eh bien! qui te dit que la duchesse ne rêvera pas un mariage entre toi et sa nièce, dont la fortune est considérable ?

ROBERT.

Quoi! tu penserais...

PICHERIC.

Qu'il faut en finir avec ce caprice ridicule... qui se nomme Henriette Bernard.

ROBERT.

Mais c'est la tuer, Picheric.

PICHERIC.

Ah! que tu es jeune, va... Dans un mois, elle sera la femme de Mathurin. Voyons, choisis... d'un côté, l'obscurité, la misère... de l'autre, un grand nom, une immense fortune... et une femme charmante par dessus le marché!...

ROBERT.

Mais...

PICHERIC.

Tu hésites encore!...

ROBERT.

Eh bien! non... et je t'obéirai.

PICHERIC.

Allons donc... Mais on se dirige de ce côté... dérobons-nous aux regards indiscrets. (*A part, en entraînant Robert.*) Dans deux heures, nous serons loin d'ici.

SCENE V.

Les Mêmes, MARIE, LA DUCHESSE, SILVIO, *de la montagne,
côté jardin.*

MARIE, *précédant la Duchesse qui donne le bras à Silvio.*

Par ici, ma tante, par ici... le chemin est meilleur !... et tenez,
nous voilà arrivés.

LA DUCHESSE.

Petite folle, nous a-t-elle fait courir !

MARIE.

Il me tarde tant de voir Henriette, il y a si longtemps qu'elle
n'est venue à Royan... un mois, je gage, un mois que je ne l'ai
embrassée... non plus que sa mère, cette bonne Marthe, qui nous
a nourries toutes deux... (*A Sylvio.*) Je vais vous présenter à
elle, monsieur mon futur mari !

SCENE VI.

Les Mêmes, MARTHE, BERNARD *et* HENRIETTE.*

BERNARD.

Allons, ne pleure plus, Henriette, et puisque tu m'assures
que chaque jour tu vas à Royan voir Marie, embrasse-moi ; et
quant à Mathurin...

MARIE, *avec joie.*

Henriette !

HENRIETTE.

Marie !

MARIE.

Enfin, te voilà donc, méchante ; depuis plus d'un mois qu'on
ne t'a vue, ma tante et moi nous te croyions malade.

BERNARD, *à part.*

Ah ! elle m'a menti !

LA DUCHESSE.

Eh bien ! comment vous portez-vous, ma bonne Marthe ?

MARTHE.

Ah ! madame la duchesse, vous avez daigné venir...

LA DUCHESSE, *souriant.*

Il l'a bien fallu, puisque vous ne veniez pas. Et, d'ailleurs,
j'ai une si grande nouvelle à vous annoncer, que lorsque Marie
m'a demandé la permission de venir embrasser sa mère nour-
rice, je me suis fait une fête de l'accompagner. Mère Marthe,
bientôt j'embrasserai mon fils.

MARTHE.

En vérité !

MARIE.

Oui, mon cousin va venir... il est en route... tu le verras...

* Henriette, Bernard, Marthe, la Duchesse, Sylvio.

Mais, en attendant, je veux te présenter mon futur époux. Approchez donc, Sylvio, qu'Henriette me dise si j'ai bon goût. (*A Henriette.*) Ah çà ! mais qu'as-tu donc ?

BERNARD, avec intention.

La joie de vous revoir... après être restée si longtemps éloignée de vous.

MARIE.

Ah ! c'est vrai que c'est bien mal !... (*Embrassant Henriette.*) Ce qui n'empêche pas que chaque jour nous parlions de toi.

SYLVIO.

C'est la vérité ; il n'est pas d'heure où Marie ne vante votre beauté et votre esprit, mademoiselle Henriette.

HENRIETTE.

Monsieur, Marie est trop bonne.

MARIE.

Oh ! des façons... mais puisque je te dis que dans un mois Sylvio sera mon mari.

MARTHE.

Il se pourrait ! je te fais mon compliment.

MARIE.

N'est-ce pas ?

MARTHE.

Oh ! monsieur, rendez-la heureuse !... C'est moi qui l'ai nourrie, et je ne puis pas vous dire combien elle est bonne et douce. Toute petite, c'était la plus charmante enfant qu'on puisse voir ; elle ne criait jamais, et elle m'aimait... ah ! fallait voir comme elle m'aimait !

MARIE, l'embrassant.

Pas plus qu'aujourd'hui.

MARTHE.

Chère petite ! (*A Sylvio.*) Vous l'aimerez bien aussi, n'est-ce pas, monsieur ?

SYLVIO, souriant.

Je vous le promets, dame Marthe.

LA DUCHESSE, qui parlait bas à Bernard.*

Oui, mon bon Bernard, cet enfant dont j'ai été séparée depuis vingt ans, il va venir... et le nom de son père, ma fortune et ma tendresse lui donneront le bonheur dont il a été si longtemps privé. (*A Sylvio.*) Je ne vous le cache pas, mon enfant, un mariage entre mon fils et Marie avait été mon premier rêve ; mais (*souriant*) mademoiselle Marie rêvait de son côté...

MARIE.

Ma tante...

* Bernard, la Duchesse, Sylvio, Henriette, Marthe, Marie.

SYLVIO.

Madame la duchesse...

LA DUCHESSE, *qui a pris dans ses mains celles de Sylvio et de Marie.*

Sylvio, mes paroles ne doivent pas vous offenser ; car elles vous font honneur. Et, en effet, il faut que l'estime que je vous porte soit bien grande, puisque le retour de mon fils ne change rien à mes résolutions.

SYLVIO.

Madame la duchesse, je saurai me montrer digne de vos bontés.

BERNARD, *s'avançant.*

Madame la duchesse, si vous voulez être à Royan avant la nuit, il faut vous dépêcher.

LA DUCHESSE.

C'est juste, partons !

MARIE.

Oh ! une bonne idée, ma tante. A votre place, j'engagerais Henriette à venir passer quelques jours avec nous ; elle resterait près de moi jusqu'à l'époque de mon mariage, et j'en ferais ma première demoiselle d'honneur.

SYLVIO.

C'est une charmante idée.

LA DUCHESSE.

Henriette n'ignore pas qu'elle est toujours la bienvenue au château de Royan.

HENRIETTE.

Merci, madame.

MARIE.

Allons, Sylvio, votre bras à ma tante, et partons.

SYLVIO.

Me voici.

BERNARD.

En prenant par le chemin de la fontaine, vous serez plus vite rendus. Tenez, je vais vous conduire.

LA DUCHESSE.

Bien volontiers. Au revoir, mes amis.

MARIE.

Adieu, Marthe ; adieu, petite sœur... N'oublie pas mon invitation.

SILVIO, *à part en regardant Henriette.*

Comme cette fille est jolie !

BERNARD.

Par ici. (*Ils sortent à gauche.*)

SCENE VII.

HENRIETTE, MARTHE.

HENRIETTE, *à part.*

Mon Dieu ! que j'ai souffert tout à l'heure !

MARTHE.

Henriette, je ne sais ce qui se passe ; mais j'ai lu dans les yeux de ton père une colère terrible. Henriette, ma fille, est-ce que vraiment tu ne veux pas consentir au mariage avec Mathurin ?

HENRIETTE.

Me marier... avec... Oh ! non, non, non, ma mère, non, je ne veux pas !

MARTHE.

Comme tu me dis ça... Regarde-moi, Henriette... bien en face... Pourquoi ce mariage te fait-il si grand peur aujourd'hui ? Est-ce que l'idée de devenir la femme d'un paysan te ferait honte ?... Oh ! prends bien garde, mon enfant. Tiens, moi, je suis aussi heureuse de m'asseoir dans le vieux fauteuil qui a appartenu à ma mère et de filer à son rouet, qu'elle a tourné jusqu'à l'heure de sa mort, que si j'étais sur le trône d'un roi... N'ambitionne jamais autre chose, Henriette, et tu seras heureuse aussi. Vois-tu, le bonheur, c'est la médiocrité !... le bonheur, c'est la vertu !

HENRIETTE, *pleurant.*

Oh ! ma mère, ma mère !...

MARTHE.

Allons, je t'ai fait de la peine, c'est pas mon vouloir ; mais t'es un peu changée, vois-tu... Ton père ne dit rien ; mais tu sais s'il est patient... Dans la colère, il ne se connaît plus ; et je vois bien qu'il est irrité de ton refus à l'égard de Mathurin... Voyons, est-ce que c'est bien décidé ? est-ce que tu ne l'épouseras jamais ?

HENRIETTE.

Non, non, jamais !

MARTHE.

Henriette !

HENRIETTE.

Tout ce que vous voudrez, ma mère ; mais pas ce mariage.

SCENE VIII.

LES MÊMES, BERNARD, *de la gauche.* *

BERNARD, *entrant.*

Oui, vous avez raison, pas ce mariage ; car vous n'en êtes pas digne.

* Henriette, Bernard, Marthe.

HENRIETTE.

Mon père !

MARTHE.

Bernard !

BERNARD.

En voilà assez, à la fin, de toutes ces cachotteries !... Je veux savoir où allait Henriette depuis un mois, puisqu'elle n'allait plus à Royan ; car elle nous avait menti !... Voyons, où allais-tu ?...

MARTHE, effrayée.

Mon ami !

BERNARD, la repoussant.

Allons, laisse-moi tranquille, toi ; avec tes faiblesses, tu finiras par en faire une fille perdue... Il y a une heure que je me contiens là, devant madame la duchesse, pour ne pas éclater !... Mais maintenant, je veux qu'on me dise la vérité.*

MARTHE, à Henriette.

Réponds, Henriette, je t'en supplie !

HENRIETTE.

Je ne peux pas.

BERNARD.

Tu ne peux pas !... tu ne peux pas !...

HENRIETTE.

Tuez-moi si vous voulez... mais je ne peux pas vous le dire.

BERNARD, levant son bâton.

Malheureuse !

MARTHE, se jetant entre eux.

Ah ! Bernard, c'est ta fille.

BERNARD, avec rage.

Oh !

MARTHE, à Bernard.

Rentrons, rentrons, je t'en prie... si on te voyait dans cet état-là... on pourrait croire des choses... Viens... viens... (Elle l'emmène.) Et toi, Henriette, monte à ta chambre... je vais tâcher de l'apaiser. (A part, en rentrant.) Ah ! v'là ce que je craignais depuis bien longtemps.

SCENE IX.

HENRIETTE seule, puis ROBERT, avec PICHERIC qui disparaît au fond peu après.

HENRIETTE.

Oh ! mon père ! quelle serait donc votre colère si vous saviez... Oh ! il faut voir Robert, lui raconter cette scène... lui seul peut me sauver.

* Marthe, Henriette, Bernard.

ROBERT, *à part, en entrant.*

Oh! je ne puis la quitter ainsi... il faut au moins...

HENRIETTE, *l'apercevant.*

Ah! c'est lui... Viens, viens, Robert... Si tu savais avec quelle impatience je t'attends... tout à l'heure, mon père m'a menacée.

ROBERT.

Sait-il donc?...

HENRIETTE.

Rien, rien encore, mais il se doute... heureusement que te voilà, et si tu m'aimes, Robert, ne tardons pas plus longtemps... allons le trouver... je lui dirai ma faute!... Oh! ça lui fera bien du chagrin, va! car tout paysan qu'il est, mon père est l'honneur même.. mais tu le consoleras, n'est-ce pas, en lui tendant la main et en lui disant permettez-moi d'être son époux... Viens, viens, Robert, car il souffre. (*Elle va à la maison.*)

ROBERT, *à part.*

Du courage... il le faut.

HENRIETTE, *voyant que Robert ne la suit pas.*

Eh bien! Robert?

ROBERT.

Pardon, Henriette... pardon... mais...

HENRIETTE,

Quoi donc?

ROBERT.

Henriette... pardonne-moi le chagrin que je vais te faire... Henriette, il faut... il faut nous séparer.

HENRIETTE, *ne comprenant pas.*

Nous séparer, Robert?

ROBERT, *regardant Picheric, qui se montre au fond.*

Crois bien que j'obéis à une volonté plus forte que la mienne; depuis une heure, je ne m'appartiens plus... le monde, que tu ne connais pas, a ses exigences, ses cruautés, va... mon bonheur serait de passer ma vie à tes pieds... car mon cœur tout entier est à toi... Je t'aime... tu le sais...

HENRIETTE, *toujours sans comprendre.*

Oui.

ROBERT.

Eh bien! une heure a suffi pour changer toute ma destinée.. cette heure enchaîne mon avenir... cette heure nous sépare à jamais.

HENRIETTE, *la tête entre ses mains.*

Mon Dieu!... Tiens! c'est drôle, Robert... je ne comprends pas bien tout ce que tu me dis là.

ROBERT, *avec ennui.*

Henriette!...

HENRIETTE.

Est-ce que tu veux me quitter? Non, c'est impossible... car vous êtes le seul homme que je puisse aimer désormais... et si tu m'abandonnes?... Mais je serai perdue! perdue pour toujours.. Ah! Robert! je me suis trompée, n'est-ce pas? C'est à présent que je ne comprends plus.

ROBERT.

Si, Henriette! si... c'est la vérité! De ce jour, un abîme nous sépare! car j'ai retrouvé un nom illustre! une famille puissante.

HENRIETTE.

Oh!

ROBERT.

Et je te le répète, je ne m'appartiens plus.

HENRIETTE.

Mais alors, qu'est-ce que vous voulez donc que je devienne? (*Elle pleure.*)

SCENE X.

Les Mêmes, MATHURIN *et* BELZÉBUTH, *écoutant et faisant signe à Mathurin de rester,* puis BERNARD *et les* Conscrits. (*Ils restent sur le seuil du cabaret.*)

ROBERT.

Écoute, Henriette, sèche tes larmes; je te promets de veiller sur toi.

HENRIETTE.

Comment?

ROBERT.

Je suis riche... et mes bienfaits...

HENRIETTE, *avec honte.*

Oh!

MATHURIN, *avec colère.*

Combien donc estimez-vous l'honneur des femmes?

ROBERT, *se retournant.*

Ah!

HENRIETTE, *avec un cri.*

Mathurin! (*Elle cache son visage dans ses mains.*)

MATHURIN.

Oui, mamzelle, Mathurin, qui comprend maintenant pourquoi vous n'avez pas voulu l'épouser. Voilà donc l'homme à qui vous m'avez sacrifié, moi.. je vous offrais mon nom, ma vie tout entière... lui, il vous offre de l'argent!... le misérable!

ROBERT, *lui saisissant le bras.*

Monsieur!

HENRIETTE, *apercevant Bernard, bas à Mathurin.*

Mathurin !... mon père !...

MATHURIN, *de même.*

C'est bien !

BERNARD, *s'avançant.*

Une querelle !... Qu'y a-t-il donc, Mathurin ?

MATHURIN, *jouant l'ivresse.*

Rien, rien, père Bernard... C'est moi qui... avec les amis... j'ai bu un petit coup de trop... et alors... j'ai insulté monsieur... je l'ai appelé (*avec intention*) misérable ! infâme !... (*Mouvement de Robert.*) Je lui en fais mes excuses ! (*Bas, à Henriette.*) Êtes-vous contente ?

HENRIETTE, *à Robert, qui fait un mouvement pour s'éloigner, à demi voix, suppliant.*

Robert, il en est temps encore !... sauvez-moi !... Au nom de votre mère !

ROBERT.

Henriette ! (*Picheric, qui s'est avancé, se place entre eux et salue Henriette.*)

HENRIETTE.

Ah !...

PICHERIC, *bas à Robert.*

Viens ! viens ! (*Il l'entraîne à gauche.*)

HENRIETTE, *avec des sanglots étouffés.*

Mon Dieu ! mon Dieu !

BERNARD.

Ainsi, mon pauvre Mathurin, c'est bien décidé, tu pars ?... (*Regardant Henriette.*) On n'a pas le cœur de te retenir.

MATHURIN.

Oh ! nous reparlerons de ça dans quelques années... quand je reviendrai... colonel. (*Bas.*) Soyez tranquille, mademoiselle, je ne reviendrai pas... Je vous promets de me faire tuer à la première occasion.

HENRIETTE, *avec douleur.*

Mathurin ! (*Elle lui prend la main.*)

MATHURIN, *se dégageant doucement.*

Je vous le promets.

BELZÉBUTH, *aux conscrits.*

Allons, les enfants, en route !

TOUS.

En route ! (*Ils se disposent à sortir.*)

BELZÉBUTH, *bas à Mathurin.*

Eh bien ! avais-je raison ?

MATHURIN.

Oui, vous m'avez ouvert les yeux... Je vous en remercie...
Partons !

BERNARD.

Je vais t'accompagner jusqu'à la grande route, Mathurin.

MATHURIN, *pleurant peu à peu.*

Merci, merci, père Bernard !... Vous embrasserez la mère
pour moi, n'est ce pas ?... parce que, voyez-vous... (*S'efforçant
de sourire*) Je ne sais ce que j'ai... Je crois que je pleure.
(*Riant.*) C'est... c'est le vin !... J'ai le vin triste !... Adieu, mademoiselle Henriette, adieu ! (*Bas.*) Malheureuse enfant !... je
prierai pour vous tant que je vivrai !... Quand je serai mort,
priez pour moi.

BELZÉBUTH, *au fond.*

En avant, marche !

MATHURIN, *se levant, avec gaîté.*

Et en avant aussi le refrain des conscrits.

TOUS.

En avant ! en avant !

CHOEUR.

Dans le militaire
On fait tour à tour
L'amour et la guerre,
Dans le militaire
On fait tour à tour
La guerre et l'amour.

(*Mathurin chante le refrain, les larmes couvrent sa voix au moment où les
autres reprennent en chœur ; les conscrits s'éloignent, Mathurin a pris
le bras de Bernard, ils sortent les derniers ; au moment de disparaître
Mathurin s'arrête et jette un dernier regard sur Henriette.*)

SCENE XI.

HENRIETTE, *seule.*

Perdue ! mon Dieu ! perdue !... Il faut fuir !... Oui... Marie
m'a offert... Je trouverai là un asile... (*Avec des larmes*) Pauvre
mère ! comme tu vas souffrir quand tu n'auras plus ton enfant
près de toi !... Et quand tu sauras que c'est le déshonneur qui
l'exile loin de ton foyer, tu me maudiras peut-être !... Oh ! non,
non... tu demanderas grâce pour moi, au contraire, et peut-être
qu'un jour... Mon Dieu ! que je souffre !... Mais hâtons-nous, il
ne faut pas que mon père me retrouve ici. (*Regardant la maison.*) Pauvre mère ! avant de partir je ne pourrai pas te donner
un dernier baiser. (*Elle va à la table.*) Oh ! mais du moins tu le
recevras dans un adieu. (*Elle écrit et s'arrête.*) Oh ! je n'ai pas la

force de tracer ces mots fatals!... et pourtant... Allons! il le
faut!... Ma mère, combien tu verseras de larmes sur la confes-
sion de ton enfant! (*Elle écrit vivement. Marthe sort de la maison et rencontre Bernard, qui est entré tristement par le fond.*)

SCENE XII.

MARTHE, BERNARD, HENRIETTE.

(*Marthe fait un mouvement; Bernard lui impose silence et se
dirige doucement vers sa fille.*)

HENRIETTE, *terminant sa lettre.*

O ma mère! plaignez votre enfant et pardonnez-lui.

BERNARD, *qui s'est penché sur son épaule, lui enlevant la lettre.*

Vous pardonner? quoi donc?

HENRIETTE, *se levant, avec un cri.*

Ah! mon père!... Je suis perdue!... (*Elle se jette dans les
bras de sa mère.*)

MARTHE.

Que dis-tu?

BERNARD, *qui a lu.*

Déshonorée!... Misérable!... (*Il saisit son fusil. Marthe
s'élance sur lui; Henriette est tombée à genoux.*) Laisse-moi,
Marthe, laisse-moi!

MARTHE, *folle d'épouvante.*

Va-t'en, Henriette!... je le veux! je te l'ordonne!

HENRIETTE, *se relevant.*

Ma mère!

MARTHE.

Mais va-t'en donc! je te chasse!...,

HENRIETTE, *avec un cri de douleur.*

Ah! (*Elle s'enfuit par le fond.*)

MARTHE, *chancelant.*

Mon Dieu! il l'aurait tuée!...

BERNARD, *lâchant son fusil pour soutenir sa femme.*

Marthe!... Marthe!... (*Il la dépose sur un banc.*)

HENRIETTE, *du fond.*

Ma mère!

BERNARD, *sans quitter Marthe.*

Fille indigne! je te...

MARTHE, *lui mettant la main sur la bouche.*

Oh! tais-toi! tais-toi!... (*Elle s'évanouit; Henriette s'éloigne
par le fond; le chant des conscrits, qui avait cessé, reprend tout
au loin.*)

ACTE II.

Chez la duchesse de Royan.

Un jardin, pavillon à gauche et bancs ; une table, deux chaises à droite.
Ce qu'il faut pour dessiner sur la table.

SCENE I.

MARIE, *brodant à gauche*, SYLVIO, *à droite, debout derrière
la chaise d'*HENRIETTE.

MARIE, *à part, regardant Sylvio.*

Toujours occupé d'elle...

HENRIETTE, *dessinant.*

Eh bien, monsieur Sylvio, êtes-vous plus content de moi ?

SYLVIO.

Enchanté... Depuis six semaines que vous m'avez accepté
pour votre maître de dessin, vous avez fait des progrès im-
menses.

HENRIETTE.

Vous trouvez...

SYLVIO, *bas.*

Henriette !...

HENRIETTE, *de même.*

Taisez-vous...

SYLVIO, *de même.*

Toujours sévère... inflexib'e.

MARIE, *à part.*

Encore...

HENRIETTE.

Laissez-moi, monsieur, laissez-moi !

MARIE.

Sylvio, votre bras, je vous prie. (*Elle entre à gauche avec lui
dans le pavillon.*)

SCENE II.

HENRIETTE *seule, après un silence.*

Mon Dieu !... avez-vous donc écrit là-haut qu'il n'y aurait
pour moi ni repos, ni bonheur ?... Chassée de la maison... maudite... sans espoir... je suis venue me réfugier ici, dans cette
demeure... j'y suis entrée, et ma présence seule a suffi pour
en troubler la sérénité... Sylvio !... le fiancé de Marie .. il
m'aime !... Il faut absolument mettre entre lui et moi une barrière infranchissable... Avertir la duchesse... ce serait lui faire
partager mes craintes et mes angoisses... fuir cette maison...
mais où aller, mon Dieu !... Pour ôter tout espoir à Sylvio !...

Dois-je donc lui avouer ma faute? Oh! mon cœur se brise à cette pensée. (*Voyant entrer Sylvio.*) C'est lui.

SCÈNE III.

SYLVIO, HENRIETTE.

SYLVIO.

Henriette!

HENRIETTE.

Pardon! (*Elle veut sortir.*)

SYLVIO, *la retenant.*

Vous voulez me fuir encore?... eh bien, non... non... car je ne puis plus vivre ainsi... Il faut...

HENRIETTE.

Que voulez-vous encore, monsieur? Ne voyez-vous donc pas, à la pâleur, à la tristesse de Marie, qu'elle se doute de l'insulte que vous lui faites?

SYLVIO.

Marie!... que m'importe Marie!... que m'importe le monde entier!... Henriette, c'est toi, toi seule que je regarde... Tu es pauvre, délaissée... eh bien, je suis riche, moi... Un mot, rien qu'un mot, et j'abandonne tout... nous fuirons ensemble.

HENRIETTE.

Mais Marie, monsieur?... Marie, à qui vous avez promis votre nom... votre main... Marie qui, en échange, vous a donné son cœur.

SYLVIO.

Marie!... mais je ne l'aime pas... je ne l'ai jamais aimée.

HENRIETTE.

Monsieur, vous ne dites pas ce que vous pensez... Oh! avouez-le, je vous en conjure à genoux... c'est ma sœur!... c'est mon amie!... Non, non, il n'est pas possible que tant de jeunesse, tant de pureté ne vous touchent pas!... il est impossible que vous repoussiez tout cela!... et pour qui?

SYLVIO.

Pour qui?... mais pour toi... pour toi qui es la plus belle, la plus généreuse des femmes! pour toi enfin!...

HENRIETTE.

Pour moi... qui suis une fille perdue!

SYLVIO.

Henriette!... que dites-vous?

HENRIETTE.

Vous me forcez à rougir devant vous... eh bien, soit. C'est une punition de plus... Oui, je suis une malheureuse fille qu'on a trompée, séduite, entourée de piéges, de promesses... à laquelle on a volé l'honneur, et qu'ensuite on a repoussée du pied comme un jouet inutile... Voilà pourquoi j'ai fui la maison de mon père. Depuis six semaines, j'ai bien souffert, allez... et si on pouvait compter mes nuits sans sommeil, mes jours sans repos, on aurait pitié de moi, et vous-même, Sylvio, vous ne voudriez pas me rendre plus coupable que je ne le suis déjà.

SYLVIO.

Henriette !

HENRIETTE.

Sylvio ! encore une fois, ne sacrifiez pas Marie à une fille perdue.

SYLVIO.

Une fille perdue !... (*Il traverse,*) toi ?... Non, non, je ne te crois pas, tu as menti, c'est un sacrifice que tu fais à Marie.

HENRIETTE.

Le sacrifice de mon honneur !... Oh ! vous ne pensez pas ce que vous dites...

SYLVIO.

Non, c'est vrai... tu as raison... je suis bien forcé de croire à tes paroles... et pourtant... (*Marie entre et vient doucement entre eux.*)

HENRIETTE.

Eh bien ?

SYLVIO.

Eh bien ! Henriette, malgré tout ce que tu m'as dit... mon cœur vole encore vers toi; ange ou démon, je t'aime Henriette. (*Avec passion.*) Je t'aime ! (*Marie s'est avancée lentement.*)

SCÈNE IV.

LES MÊMES, MARIE.*

MARIE, *à Henriette, avec un dédain glacial.*

C'est infâme.

HENRIETTE.

Marie !...

LA DUCHESSE, *dehors.*

Mes enfants !...

MARIE.

Voici... ma tante... et j'espère... qu'ici chacun fera son devoir.

SCÈNE V.

LES MÊMES, LA DUCHESSE.**

LA DUCHESSE.

Marie ! Sylvio !

* Henriette, Marie, Sylvio.
** Henriette, Marie, la Duchesse, Sylvio.

MARIE.

Qu'y a-t-il?

LA DUCHESSE.

Oh! une bien grande nouvelle, allez, més enfants! Robert, mon fils, l'enfant que je pleure depuis quinze ans...

MARIE.

Eh bien?

LA DUCHESSE.

Il va venir! Il va! Oh, je suis folle. Oh! laissez-moi pleurer! Ces larmes me soulagent. Depuis vingt ans, je les dévore! Un enfant dont j'ai été séparée depuis si longtemps et que le ciel me rend aujourd'hui... Ah! c'est être deux fois mère; mais ne perdons pas de temps, il faut tout préparer pour le recevoir... Henriette, coupe toutes les fleurs du parterre, ornes-en les cheminées; va, mon enfant, va.

HENRIETTE.

Oui, madame. (*Elle sort à gauche.*)

LA DUCHESSE, *à ses enfants.* *

Et vous... Mais qu'avez-vous donc, Marie? Sylvio, vous êtes triste... triste... ah! je vois ce que c'est, Sylvio n'a pas oublié mes paroles de l'autre jour; il pense que je n'ai pas renoncé à l'idée d'un mariage entre toi et mon fils, et le jaloux qu'il est, il t'aura fait supporter ses bouderies; voilà donc la cause du changement que j'avais remarqué en vous, Sylvio. Allons, enfants, rassurez-vous, je ne veux le malheur de personne, et puis qui vous dit que Robert n'a pas fait comme vous, qu'il n'a pas déjà donné son cœur? Mais comme cet homme tarde à revenir. (*Elle remonte.*)

MARIE, *bas à Sylvio.*

C'est à vous, monsieur, d'apprendre à ma tante... toute la vérité...

SYLVIO, *de même.*

Marie!

MARIE, *de même.*

Je vous l'ordonne.

SCENE VI.

LES MÊMES, PICHERIC, *puis* ROBERT.

LA DUCHESSE, *voyant entrer Picheric.*

Ah! eh bien?

PICHERIC.

Monsieur Robert me suit, madame...**

LA DUCHESSE, *chancelant.*

Ah! il me semble que je vais mourir... mourir avant de l'avoir revu... ça ne se peut pas!... (*Elle s'assied à droite sur la chaise.*)

* Sylvio, la Duchesse, Marie.
** Marie, Sylvio, la Duchesse, Picheric.

PICHERIC.

Allons, remettez-vous, madame.

LA DUCHESSE.

Ah! monsieur, pour un tel service, que pourrais-je vous offrir?

PICHERIC.

Madame, si j'ai fait quelque chose de bien dans ma vie, votre joie me paye au centuple... Allons du courage, madame, le voici. (*Un domestique entre précédant Robert.*) M. le duc de Royan. (*Allant à lui.*) J'ai accompli ma mission, monsieur le duc, embrassez votre mère. (*La Duchesse se lève, veut étendre les bras vers lui, elle retombe sur sa chaise. Robert, après une seconde d'hésitation, vient s'agenouiller devant elle sur un signe de Picheric.*)

ROBERT, *à genoux.*

Ma mère!

LA DUCHESSE, *la main sur son cœur et reculant sa chaise presque avec horreur.*

Mon Dieu!... ce que j'éprouve est indéfinissable.

PICHERIC, *s'avançant.*

C'est bien naturel, au contraire, madame la duchesse : quand on a si ardemment souhaité un bonheur et que ce bonheur arrive enfin, le cœur se brise d'abord, et on est étonné de ne pas ressentir toute la joie que l'on attendait.

LA DUCHESSE.

Oui... oui... vous avez raison... Robert, pardonnez-moi; en effet, mon cœur a tellement souffert... qu'il ne lui reste plus sans doute la force d'être heureux!

ROBERT.

Grâce à mes soins, grâce à mon amour, je veux effacer toutes traces douloureuses... je vous aimerai tant... ma mère, que vous serez forcée de m'aimer un peu!

PICHERIC.

Ah! c'est un noble et vertueux jeune homme, madame. Il a toutes vos vertus... et le courage de ses aïeux!

ROBERT.

Monsieur!

PICHERIC.

Non... non... vous êtes de ces hommes qu'on ne peut pas flatter, monsieur le duc, car vous êtes toujours au-dessus de la louange... Attendez, madame la duchesse, et vous apprécierez à sa juste valeur l'enfant que la Providence ramène dans vos bras. (*Il passe à droite avec Robert.*)

SCENE VII.

LES MÊMES, HENRIETTE.

HENRIETTE, *entrant.*

Madame la duchesse, vos ordres sont exécutés.

LA DUCHESSE.

Merci.

ROBERT *et* PICHERIC, *à part.*

Henriette !

PICHERIC, *à part.*

Henriette ici !... malédiction !

ROBERT, *bas.*

Nous sommes perdus !

PICHERIC, *de même.*

Non ; mais de l'audace ; tù ne la connais pas.

LA DUCHESSE, *à Robert.*

Mon Dieu, dans ma précipitation, j'avais oublié, mon fils... de vous présenter votre cousine... Marie de Royan.

ROBERT, *saluant.*

Mademoiselle...

MARIE, *de même.*

Monsieur !

LA DUCHESSE, *prenant Henriette par la main.*

Mademoiselle Henriette Bernard !

HENRIETTE *a salué, puis en se relevant elle reconnaît Robert et pousse un cri.*

Ah !

PICHERIC, *bas à Robert.*

Prends garde !

TOUS.

Qu'y a-t-il ?

ROBERT, *à Henriette, froidement.*

Qu'avez-vous donc, mademoiselle ?

HENRIETTE.

Ce que j'ai... ce que... (*A part.*) Est-ce que je deviens folle !...

PICHERIC, *à Henriette.*

Oui, monsieur le duc de Royan vous demande ce que vous avez, mademoiselle.

HENRIETTE, *atterrée, à part.*

Lui ! lui ! le fils de la duchesse !... Oh ! malheureuse ! plus d'espoir !

LA DUCHESSE.

Eh bien ?

HENRIETTE.

Rien, madame... je n'ai rien.

LA DUCHESSE, *à Robert.*

C'est une amie de votre cousine, elles ont été élevées ensemble, et s'aiment comme deux sœurs.

ROBERT.

Alors, je prierai mademoiselle... Votre nom, s'il vous plaît?

HENRIETTE.

Mon nom?

PICHERIC.

Henriette... je crois.

ROBERT.

Je prierai, dis-je, mademoiselle Henriette de vouloir bien m'accorder un peu de l'affection qu'elle porte à ma charmante cousine.

LA DUCHESSE, *bas à Picheric.*

Il est très-bien.

HENRIETTE, *à part.*

Oh! c'est infâme!... Il ne s'est pas même troublé à ma vue! *

LA DUCHESSE.

Approchez donc, Sylvio... que je vous présente aussi... C'est le fiancé de Marie.

ROBERT.

Ah!

LA DUCHESSE.

Dans huit jours Marie sera vicomtesse. (*Sylvio s'incline.*)

MARIE, *à part.*

Comment! il garde le silence... Il faut donc... (*Elle s'avance vivement vers la Duchesse.*)

LA DUCHESSE.

Que me veux-tu, mon enfant?

MARIE.

Pardon, ma tante, pardon... mais... monsieur Sylvio et moi nous nous étions trompés.

LA DUCHESSE.

Que dis-tu?

SYLVIO.

Marie!

MARIE, *à la Duchesse, avec une douleur contenue.*

Un mariage entre monsieur et moi est désormais impossible, et je viens vous prier de retirer votre parole.

LA DUCHESSE.

Comment... mais explique-moi...

* Robert, Henriette, Sylvio, la Duchesse, Marie, Picheric.

MARIE.

Monsieur Sylvio aime mademoiselle Henriette Bernard.

LA DUCHESSE.

Henriette !

PICHERIC, *à part, avec joie.*

Il se pourrait... Allons ! le diable est pour nous.

LA DUCHESSE.

Voyons, Marie, as-tu perdu la raison ?*

MARIE.

Non, non, ma tante, j'ai dit la vérité... N'est-ce pas, mademoiselle Henriette Bernard ?... (*A Henriette, avec ironie.*) Allons, ma sœur, ayez plus de courage que lui, et avouez donc qu'il y a une heure à peine monsieur Sylvio vous jurait de n'aimer que vous !

LA DUCHESSE.

Henriette ! Sylvio !... Ah ! mais c'est horrible cela !...

HENRIETTE.

Madame, écoutez-moi.

LA DUCHESSE, *à Marie.*

Oh ! pauvre enfant !...

MARIE.

Oh ! je n'ai pas besoin de consolations, ma tante... Il y a de ces actions tellement méprisables, qu'elles ne peuvent blesser !...

LA DUCHESSE, *à Sylvio.*

Mais au moins, monsieur, quelle était votre intention sur cette jeune fille qui, chez moi, avait droit à tous les respects ?

SYLVIO, *avec embarras.*

Madame !...

LA DUCHESSE.**

Je ne veux pas croire à une lâcheté de votre part, monsieur Sylvio... Vous aimez cette enfant, vous lui avez sacrifié Marie... c'est bien... mais je le répète, cette jeune fille m'a été confiée, je réponds d'elle à sa mère. (*Picheric rit à part.*)

HENRIETTE, *écrasée.*

Mon Dieu ! mon Dieu !

LA DUCHESSE.

Et je ne veux pas qu'elle me reproche le déshonneur de son enfant. Sylvio, vous épouserez Henriette Bernard.

HENRIETTE, *avec un cri.*

Madame !

SYLVIO.

L'épouser !

LA DUCHESSE.

Eh bien ?

* Robert, Henriette, Marie, Sylvio, la Duchesse, Picheric.
** Robert, Henriette, Marie, Sylvio, la Duchesse, Picheric.

SYLVIO.

Je vous en conjure, ne me demandez aucune explication...
Qu'il vous suffise de savoir que dans aucun cas je ne puis être
l'époux de mademoiselle Henriette Bernard.

LA DUCHESSE.

Mais pourquoi? pourquoi?...

SCENE VIII.

LES MÊMES, BERNARD, *en habits de deuil.*

BERNARD.

Pourquoi?... je vais vous le dire, madame la duchesse.

TOUS.

Bernard!...

HENRIETTE, *reculant.*

Mon père!...

BERNARD.

Mais d'abord, permettez-moi d'accomplir la mission dont je
me suis chargé et d'obéir aux dernières volontés de ma pauvre
femme... (*Le domestique fait un signe à Robert que l'on le demande; ils sortent par la droite.*)

HENRIETTE, *avec effroi.*

Ma mère!...

BERNARD.

Elle est morte il y a deux jours!

HENRIETTE, *avec un cri.*

Ah! (*Elle pleure.*)

BERNARD.

Morte en me faisant promettre de vous apporter son pardon,
mademoiselle Henriette.

HENRIETTE.

Ma mère!... morte!... Ah! cela n'est pas... cela n'est pas.

BERNARD, *montrant son deuil.*[*]

Regardez!... Et maintenant voulez-vous savoir, madame la
duchesse, pourquoi...

HENRIETTE.

Pitié! mon père.

BERNARD.

De la pitié?... En avez-vous eu pour votre mère?... en avez-
vous eu pour Mathurin, qui vous aimait?... Non, non... pas de
pitié pour vous... Cette fille, madame la duchesse, est une fille
déshonorée!... Henriette, votre mère vous a pardonné!... moi,
je ne vous pardonnerai pas!... (*Henriette pousse un cri, chancelle et tombe entre les bras de Marie.*)

[*] Henriette, Sylvio, Bernard, Marie, la Duchesse, Picheric.

MARIE.

Grâce ! grâce pour elle !...

HENRIETTE, *avec des larmes et en baisant les mains de Marie.*

Oh! Marie! Marie!... (*On s'empresse autour d'elle; Robert rentre tout effaré et va vers Picheric.*)

BERNARD, *à la Duchesse.*

Adieu, madame la duchesse !... adieu pour toujours !... car je le sens bien, la douleur me tuera comme elle a tué ma pauvre Marthe !

HENRIETTE, *sanglottant.*

Oh ! ma mère! ma mère! (*Bernard salue et sort, après avoir résisté à un mouvement qui le poussait vers Henriette.*)

ROBERT, *bas.*

Picheric, cette lettre de Bertram... Le fils de la duchesse n'est pas mort.

PICHERIC.

Mais il ne connaît toujours pas sa famille ?

ROBERT.

Non.

PICHERIC, *à part.*

Eh bien ! je jure qu'il ne la connaîtra jamais !

ACTE III.

Chez Raymond.

Un salon.—Au fond une cheminée avec une glace sans tain. — Une porte de chaque côté conduisant dans d'autres salons. — Une table de jeu devant la cheminée. — Portes latérales. — Canapés à droite et à gauche. — Dix siéges.

SCÈNE I.

DE BLANGY, CHAVIGNY, QUELQUES INVITÉS, *au fond*, DES JOUEURS, LE BARON, QUELQUES DAMES.

CHAVIGNY, *jouant à gauche.*

Allons, j'ai encore perdu! j'attendrai que nous soyons au complet pour me refaire au pharaon. (*Il quitte la table.*) Je ne vois pas notre amphitryon.

LE BARON.

Un instant, morbleu... un instant... et puis vous qui ne le

connaissez pas encore, Chavigny, vous ne serez pas si enthou-
siasmé que ça... car Raymond est triste.

CHAVIGNY.

Ah !

LE BARON.

Oui, c'est un esprit impressionnable, de ces fous qui souf-
frent de la douleur d'autrui... capable de dévouement et d'a-
mitiés chevaleresques. Tenez, un exemple... Ce pauvre Raymond,
à peine arrivé à Paris, a été, vous le savez, victime d'un affreux
guet-apens; sauvé par une femme qui est tombée tout à coup
de la lune entre ses assassins et lui, notre cher Raymond en
a été quitte pour un ou deux coups d'épée... Eh bien !
l'exalté qu'il est, ne s'est-il pas imaginé que cette jeune fille
devait être son bon génie, son ange gardien ; ne la traite-il pas
avec tous les honneurs dus à son rang, qu'on ignore... Je crois,
le diable m'emporte, qu'il en a fait son héritière.

BLANGY.

N'est-ce pas sur la route de Royan que Raymond a été at-
taqué ?

LE BARON.

Oui, il venait acheter un régiment.

BLANGY.

Qu'il n'obtiendra pas, car il n'a pas de nom.

LE BARON.

Bah ! il a mieux que ça... il est intéressant... et je n'en veux
pour preuve que la foule qui remplit déjà ses salons... Pour en
revenir à la belle inconnue...

CHAVIGNY.

Silence... le voici... et avec sa bonne fée, sans doute.

SCÈNE II.

LES MÊMES, HENRIETTE et RAYMOND.

HENRIETTE, saluant.

Mesdames, messieurs.

BLANGY, à part.

Adorable.

CHAVIGNY, à part.

Ravissante.

BLANGY, à part.

Il n'y a que les bâtards pour avoir de ces bonheurs-là. (On
entoure Raymond, il a la main droite gantée.)

RAYMOND.

Merci, messieurs, ça va mieux, bien mieux ; cette blessure-là est fermée... (*Il touche sa poitrine.*) Ce qui me fait encore un peu souffrir... c'est cette maudite main. (*Il montre sa main.*) Cependant, je puis encore serrer celle d'un ami. (*Il serre la main à Chavigny.*) Diable! j'étais un fat!... (*A Blangy.*). Merci, d'avoir prié vos amis de devenir les miens... car c'est à vous, n'est-ce pas, que je dois une aussi charmante société?

CHAVIGNY.

Non pas... mais bien à votre réputation, mon cher.

RAYMOND.

Ma réputation... j'arrive à peine.

CHAVIGNY.

Oui, mais vous êtes bien arrivé.

RAYMOND.

Je n'ai encore quitté ma solitude que pour recevoir ce maudit coup d'épée.

CHAVIGNY.

Vive Dieu! ne l'injuriez pas... sans lui, mon cher, il vous aurait fallu deux ans de patience... de courbettes dans les anti-chambres pour vous faire connaître, et voilà que, grâce au danger que vous avez couru, on ne parle que de vous et de votre ange sauveur.

BLANGY, *à demi-voix.*

Mes compliments, mon cher!... la reconnaissance doit vous être facile.

RAYMOND.

Plaît-il?

BLANGY.

Je recevrais bien des coups d'épée au prix de ces beaux yeux-là?

RAYMOND.

Monsieur de Blangy... (*Henriette va remonter, Raymond la retient.*)

RAYMOND.

Restez, mademoiselle, j'ai un devoir à accomplir. Messieurs, permettez-moi de vous présenter celle à qui je dois la vie, celle qui... lorsque j'étais hors d'état de me défendre, s'est élancée entre moi et mes assassins... La présence d'une femme ne devait pas les effrayer... Mais Dieu a permis un miracle sans doute... car à la vue de cette jeune fille, mes deux malandrins ont pris la fuite.

HENRIETTE, *à part.*

Oui, et il m'a semblé reconnaître l'un de ces deux hommes.

RAYMOND.

Voilà ce que tout le monde sait, messieurs; mais ce que vous

ignorez, c'est la tendre sollicitude que cette enfant m'a montrée
pendant tout le temps qu'a duré ma fièvre... moi qui suis sans
famille, j'avais trouvé en elle les soins, la tendresse d'une
sœur... elle était restée là, veillant et priant, et lorsque je fus
hors de danger... elle allait s'éloigner sans même emporter mes
remercîments, lorsque, cédant à mes prières, elle m'apprit
qu'elle était sans parents, sans asile, que, comme moi enfin,
elle était orpheline .. alors, j'ai fait ce que vous eussiez fait à
ma place, messieurs, je lui ai tendu la main en lui disant :
voulez-vous être ma sœur... et je lui ai juré que tout le monde
l'aimerait et la respecterait, comme je l'aime et comme je la res-
pecte moi-même. N'est-ce pas, messieurs, que j'ai bien fait?

TOUS.

Sans doute... sans doute ! (*Le Baron éclate de rire.*)

CHAVIGNY.

Baron... d'où diable vous vient donc cet accès subit de
gaieté?

SATHANIEL.

D'un souvenir.

CHAVIGNY.

Comment?

SATHANIEL.

Une anecdote qu'on m'a racontée tantôt, et qui me revient.

CHAVIGNY.

Une anecdote...

SATHANIEL.

Vous connaissez, n'est-ce pas, le chevalier de Lugeac?

TOUS.

Parbleu!

LE BARON.

Eh bien!... il est mort! (*Il rit.*)

TOUS.

Ah!

LE BARON.

Avez-vous connu sa maîtresse?... non... eh bien! figurez-
vous la créature la plus frêle, la plus mignonne ; le sot en était
devenu fou... si bien que dans un jour d'exaltation, il l'avait
instituée sa légataire universelle! et ma foi! voilà qu'un beau
matin, la santé si florissante du chevalier commence à péri-
cliter... l'innocente verse des larmes, se désole ; comme le pauvre
garçon s'en allait en langueur, soit pitié pour une si longue
souffrance, soit désir d'hériter plus vite... Je vous ai dit le
dénoûment... (*Il rit.*) Que dites-vous de l'anecdote?

RAYMOND.

Elle est affreuse... incroyable!...

LE BARON.

Incroyable!... Mais, mon cher, il y a de par le monde une foule de femmes qui, comme celle-là, réussissent à se faire prendre au sérieux; je ne vous parle pas de celles qui font le désespoir de celui qui les aime véritablement pour se livrer à quelque autre qui ne les aimera jamais, de ces femmes qui auront un jour à se reprocher le désespoir d'un brave et noble cœur; je ne vous parle pas de celles qui sont cause de la mort de leur mère, du déshonneur de leur famille, ni de celles enfin qui volent l'honneur et l'estime du monde, qu'on salue avec respect et que l'on chasserait avec mépris si l'on pouvait descendre dans le bourbier de leur vie... N'est-ce pas votre opinion, madame?

HENRIETTE, *courbant la tête.*

Monsieur, je...

LE BARON.

Mais les hommes seront toujours des dupes, et voilà ce qui me faisait rire. (*On entre au fond.*)

RAYMOND, *à part.*

Comme Henriette est pâle!

LE BARON.

Ah! mon cher Raymond, je vous demanderai la permission de vous présenter deux gentilshommes dont j'ai fait la connaissance tout dernièrement à Paris. Ils désirent vous serrer la main et saluer votre libératrice; l'un des deux est le fils, l'héritier d'une des plus grandes familles de France... Il se nomme Robert, duc de Royan.

HENRIETTE, *à part.*

Robert!

RAYMOND, *tressaillant.*

De Royan!... Ah! c'est là un beau nom!... (*Bas, à Henriette.*) Qu'avez-vous donc, Henriette?

HENRIETTE.

Moi... rien... (*A part.*) Robert ici!...

LE BARON.

Ce sont deux joyeux compagnons, je vous jure, et liés de la façon la plus intime; je suis sûr qu'ils ne pourraient pas vivre l'un sans l'autre... Mais en attendant leur arrivée, au pharaon, messieurs, au pharaon!...

TOUS.

Au pharaon!... (*Ils remontent au fond.*)

SCÈNE III.

Les Mêmes, *au fond;* HENRIETTE *et* RAYMOND, *sur le devant.*

HENRIETTE, *à part.*

Chacun, en passant, me jettera-t-il donc un reproche au visage?

RAYMOND.

Henriette! qu'avez-vous donc?

HENRIETTE.

Rien, rien.

RAYMOND.

Vous me trompez... Écoutez, Henriette... le jour où je vous ai vue priant à mon chevet, j'ai fait le serment de vous protéger, de vous défendre, fallût-il donner la vie que vous m'aviez conservée; ce serment, je le renouvelle ici... Je me suis promis aussi de vous consoler si quelque souffrance vous atteignait jamais... Eh bien, le moment est venu, je crois, de vous parler comme un frère peut parler à sa sœur... Henriette, j'en suis sûr, vous avez au fond du cœur... un de ces secrets qui tuent... Voyons, Henriette, mon enfant... on n'a rien de caché pour un frère!...

HENRIETTE.

Oh! vous êtes bon et généreux, monsieur... et c'est au nom de cette amitié que je vous implore. Ne m'interrogez pas; je suis restée auprès de vous tant que j'ai pu vous être utile... aujourd'hui que vous êtes sauvé et que ma tâche est remplie, laissez-moi partir.

RAYMOND.

Vous auriez le courage de m'abandonner... Mais vous savez bien que je suis sans famille, vous savez bien que je suis seul sur terre... Jamais je n'ai connu, embrassé ma mère!... Tenez, ne me quittez pas... Je suis superstitieux, vous le savez! eh bien, cette nuit, j'ai fait un rêve étrange. Je me sentais mourir, et à mesure que la vie s'éloignait de moi, le passé s'en rapprochait... J'avais une famille.. j'habitais un château tout plein de portraits d'aïeux et d'armoiries... je voyais tout cela, les grands parcs où s'est écoulée mon enfance... puis j'ai senti sur mon front la trace d'un baiser comme en doit donner une mère. Je l'ai vue, elle me tendait les bras, elle m'appelait, et moi je lui répondais : Je te rejoins... me voilà, me voilà. Oh! je vous en prie, je vous en supplie, ne me quittez pas!...

HENRIETTE.

Non... non, je ne puis rester, je ne le dois pas... Voyez-vous? je porte malheur à ceux qui m'approchent... à ceux qui m'aiment...

RAYMOND.

Un grand malheur me menace, alors!...

UN DOMESTIQUE, *annonçant.*

Monsieur le duc de Royan!

HENRIETTE, *à part.*

Ah! le voilà!

RAYMOND.

Henriette, nous reprendrons cet entretien, et j'espère... (*Robert et Picheric entrent au milieu des gentilshommes.*)

HENRIETTE, *à part.*

Je ne sais pourquoi, mais j'ai peur.

RAYMOND.

Mon Dieu! Henriette, on dirait que vous allez vous trouver mal.

HENRIETTE.

La chaleur... sans doute.

SCÈNE IV.

LES MÊMES, ROBERT *et* PICHERIC.

LE BARON.

Monsieur, voici les gentilshommes que j'ai eu l'honneur de vous annoncer.

PICHERIC, *saluant, et gaiement.*

Permettez, monsieur le baron... Mais je ne suis point gentilhomme, mon ami l'est pour nous deux.

RAYMOND.

Oui, vous avez un beau nom, et que vous devez être fier de porter, monsieur.

ROBERT, *saluant.*

En effet !

RAYMOND.

Votre main, monsieur ; je n'oublierai jamais que c'est au baron de Sathaniel que je dois l'honneur de vous connaître.

PICHERIC.

Honneur partagé, monsieur, car si vous n'avez pas le bonheur d'avoir hérité d'un nom illustre... votre réputation qui est déjà venue jusqu'à nous est un sûr garant que vous saurez vous faire un nom glorieux à la pointe de votre épée.

RAYMOND, *souriant.*

Oh ! pour cela, il faudrait qu'elle me servît mieux que l'autre jour...

PICHERIC.

Ah ! oui... vous voulez parler de ce guet-apens dont vous avez été victime... Ah ! mais écoutez donc, ces gens-là se mettent dix contre un !

RAYMOND, *simplement.*

Pardon! ils n'étaient que deux. (*Robert fait un mouvement. Picheric le pousse.*)

HENRIETTE, *à part.*

Robert a tressailli.

PICHERIC, *riant.*

C'étaient des tire-laines... quelques coupe-jarrets sans doute! Il y en a beaucoup en ce moment... ils se sont attaqués à vous comme au premier venu.

RAYMOND, *souriant.*

Mais... je n'ai pas supposé qu'ils m'en voulussent personnellement.

PICHERIC, *à part.*

Aïe... maladroit!

HENRIETTE, *à part.*

C'est étrange!

RAYMOND.

Pourquoi aurais-je des ennemis... puisque je suis seul au monde?...

PICHERIC.

En effet, on me l'a dit, et vous n'êtes pas sur les traces de votre famille?

RAYMOND.

Hélas! non.. et je suis bien sûr de mourir sans l'avoir revue.

PICHERIC, *lui serrant la main.*

Espérez... il ne faut jamais douter de la Providence, monsieur... Voyez monsieur le duc, il y a trois mois encore, il était comme vous, seul, exilé... eh bien! dernièrement, et grâce à moi, il a pu embrasser sa mère.

RAYMOND, *à part.*

Une mère!... (*A Robert.*) Ah! que vous êtes heureux, monsieur, de connaître la vôtre!

PICHERIC.

Elle est si bonne, l'illustre dame!... (*A Raymond.*) Je suis sûr que vous l'aimeriez...

HENRIETTE, *à part, se levant.* *

Non, non, c'est impossible!... Oh! qui donc percera ces ténèbres?

PICHERIC.

Le diable m'emporte... je crois que le souper est servi.

RAYMOND.

Allons... à table, messieurs! (*A Robert et à Picheric.*) A table... on n'attendait plus que vous, messieurs!

* Henriette, Raymond, Picheric et Robert.

PICHERIC.

A table donc !

HENRIETTE, *bas à Robert.*

Restez, il faut que je vous parle.

RAYMOND, *à part.*

Que signifie ?

ROBERT, *à Raymond.*

Excusez-moi, monsieur, je vous rejoins tout à l'heure... une lettre importante et que j'ai oublié d'écrire.

RAYMOND.

A votre aise... vous trouverez là ce qu'il vous faut... (*Aux autres.*) Allons, messieurs !... (*A Henriette.*) Mademoiselle... (*Ils sortent.*)

RAYMOND, *à part en sortant.*

Elle le connaît !... est-ce donc là le secret de sa vie ?

SCENE V.

ROBERT, PICHERIC.

PICHERIC.

Que t'a-t-elle dit ?

ROBERT.

Son refrain éternel : Restez, il faut que je vous parle.

PICHERIC.

Mais tu sais que ce n'est pas pour elle que nous sommes ici.

ROBERT.

Tais-toi ! tais-toi !

PICHERIC.

Oh ! c'est ennuyeux, on ne peut jamais te parler d'affaires !

ROBERT, *frissonnant.*

Oh !... de telles paroles... comment as-tu le courage...

PICHERIC.

J'ai le courage de mon opinion, et mon opinion est qu'il y a un duc de Royan de trop... c'est clair, et à la fin, c'est impatientant... il semblerait que je fais tout ça pour m'amuser...

ROBERT, *bas.*

Mais enfin, quel est ton projet ?

PICHERIC, *bas.*

Eh bien ! mais, je puis l'avouer... mon moyen est honorable... c'est un duel, après tout.

ROBERT, *avec ironie.*

Oui, un duel !...

PICHERIC.

Où grâce à ce coup italien sur lequel tu fais de si misérables

progrès et dont je n'ai pas eu le temps de me servir l'autre fois...
j'espère bien... (*Riant.*) Monsieur Raymond n'avait qu'à aller en
Italie... les voyages forment la jeunesse... et ce n'est pas ma
faute si... Seulement ce qui me contrarie, c'est qu'il paraît fort
doux, fort bien élevé, et que je ne sais comment il me sera possible de chercher une querelle à cet homme-là, mais enfin...
espérons... Mais j'aperçois la maîtresse de céans !... je te laisse
avec elle... (*Il touche un jeu de cartes. A part.*) Ah ! une querelle
de jeu !... oui... c'est cela... je voudrai bien perdre... pour
cette fois seulement... (*Il salue Henriette et sort.*)

SCENE VI.

ROBERT *et* HENRIETTE.

HENRIETTE.

Ah ! vous voilà ! merci.

ROBERT.

Ne suis-je pas à vos ordres, madame ? madame... comment
vous appell e-t-on maintenant...

HENRIETTE.

Que voulez-vous dire ?

ROBERT.

Est-ce madame Raymond ?

HENRIETTE.

Ah ! Robert ! ne pouviez-vous m'épargner cette dernière of-
fense !

ROBERT.

Comment ?

HENRIETTE.

Je vous le jure devant Dieu ! sur la tombe de ma mère... je
n'ai pas cesse d'être digne de votre amitié.

ROBERT, *riant.*

Mon amitié ?... oh ! mais elle vous est acquise.

HENRIETTE.

Ne riez pas, Robert !... je vous en prie... ce que je vous dis
est sérieux.

ROBERT.

Alors je ne ris plus.

HENRIETTE.

J'ai voulu vous parler... vous supplier une dernière fois... de
ne pas m'abandonner tout à fait. (*Mouvement de Robert.*) Tu as
aujourd'hui un grand nom... une grande fortune... penser à être
ta femme serait insensé... je le sais bien, mais je t'en conjure,
ne me quitte pas; seule, sans appui, méprisée de tous, qui sait
ce que je deviendrais... et c'est un grand remords, va, que de se
dire... cette jeune fille était honnête et pure, elle m'a aimé...

elle m'a donné tout ce qu'elle possédait d'amour et de tendresse...
et moi je l'ai reniée... je l'ai repoussée sans pitié et j'en ai fait
une fille perdue.

ROBERT.

Henriette!... le duc de Royan ne peut accepter une position
semblable à celle que vous voulez me faire .. noblesse oblige.

HENRIETTE, *se montant peu à peu.*

Noblesse oblige... dites-vous... oui, elle oblige, en effet, à être
un honnête homme, Robert...

ROBERT.

Henriette...

HENRIETTE.

Et vous avez terni votre blason.

ROBERT.

Eh! vous êtes folle, ma chère... le monde, vous dis-je, a ses
préjugés si vous le voulez... mais encore une fois Robert de
Royan ne peut vivre avec une maîtresse, sa famille ne le souffri-
rait pas.

HENRIETTE.

Votre famille! dites plutôt votre... ami, qui a rêvé pour vous
une seconde fortune... que l'on mettra dans la main de Marie...
Eh bien, voulez-vous que je vous le dise, Robert, si vous suivez
les conseils de cet homme...

ROBERT, *riant.*

Il m'arrivera malheur... je ne suis pas superstitieux.

HENRIETTE.

J'espérais l'emporter sur lui... vous sauver de lui... vous ne le
voulez pas, c'est bien, vous êtes l'un à l'autre, c'était ce que je
voulais savoir, et j'en suis sûre, cet homme médite en ce moment quelque chose d'infâme, j'en ignore le but; pourquoi êtes-
vous ici? (*à voix basse*) pourquoi enfin, car c'était vous, j'en suis
sûre maintenant... (*s'oubliant*) pourquoi étiez-vous sur la route
de Paris, aux Buttes Noires, dans la nuit du 24?

ROBERT.

Vous mentez... (*se remettant*) vous êtes folle!

HENRIETTE.

Oh! vous savez garder un front impassible... je me souviens
que vous m'avez reniée devant votre mère... et tout à l'heure
encore. Ah! tenez, Robert .. oui... je le répète... je vous crois
capable de tout... car vous êtes sans cœur et sans âme.

ROBERT, *furieux.*

Mademoiselle Henriette! (*Il lui saisit la main.*)

HENRIETTE, *calme.*

Vous me faites mal, monsieur.

RAYMOND, *entrant, froidement.*

Mademoiselle, veuillez, je vous prie, me remplacer un instant auprès de nos invités.

HENRIETTE.

J'y vais, monsieur, (*Bas.*) Robert, adieu pour toujours. (*Elle sort.*)

SCÈNE VII.

RAYMOND, ROBERT, *puis* PICHERIC.

ROBERT, *vivement à Raymond.*

Vous étiez là, monsieur ?

RAYMOND.

Non, monsieur, je n'ai pas l'habitude d'écouter aux portes ; j'ai entendu tout à l'heure malgré moi que mademoiselle Henriette vous priait de l'attendre... voilà tout ; mais cela m'a suffi pour expliquer sa pâleur et ses larmes depuis que je l'ai rencontrée... Vous avez deshonoré mademoiselle Henriette Bernard.

ROBERT.

Eh bien, après, monsieur, êtes-vous jaloux ?

RAYMOND.

Je n'en ai pas le droit monsieur ; mademoiselle Henriette ne m'a pas fait aussi heureux qne vous le supposez... (*souriant*) je ne lui dois que la vie, mais j'ai juré de la protéger, de la servir, autant que je le pourrais, et c'est pour cela que je viens à vous, comme à un galant homme, pour plaider la cause de la pauvre enfant abandonnée.

ROBERT.

Monsieur, cette cause est perdue... et mademoiselle Henriette elle-même n'en rappelle pas, car elle vient de me faire ses adieux.

RAYMOND.

Mais, monsieur, n'avez-vous pas deviné un désespoir profond dans les dernières paroles qu'elle vous a jetées?

ROBERT.

Monsieur, de grâce... quittons ce sujet, il est très-délicat pour nous deux... tout à l'heure je vous croyais amoureux d'Henriette, mais à présent, je serais tenté de croire que vous avez cessé de l'être, et que vous tenez à me rendre un bonheur qui vous gêne.

RAYMOND, *s'animant.*

Mais c'est une infamie que vous dites là.

ROBERT.

Monsieur !

RAYMOND.

Mademoiselle Henriette est digne de mes respects... plus digne encore des vôtres... et j'ai vu à son émotion, tout à l'heure, que vous avez oublié non-seulement qu'elle a été votre maîtresse, mais encore qu'elle est femme.

ROBERT.

Est-ce une leçon que vous voulez me donner ? Monsieur, je n'en ai pas besoin.

RAYMOND.

Je n'en dirai pas autant de votre ami, monsieur, à qui le vin a déjà tourné la tête, et qui m'a déjà donné vingt fois l'envie de le faire jeter à la porte.

ROBERT.

Monsieur !... Mais après tout, si vous n'êtes pas... (souriant) à votre tour l'amant d'Henriette, de quel droit venez-vous vous placer entre elle et moi ?

RAYMOND, éclatant.

De quel droit ?

ROBERT.

Êtes-vous son frère ?

RAYMOND.

Je suis son hôte, monsieur... vous avez levé la main sur elle, j'ai donc le droit de vous dire que vous êtes un misérable.

ROBERT.

Monsieur !

PICHERIC, entrant.

Hein ?... qu'y a-t-il ?... On insulte mon ami le duc de Royan.

RAYMOND.

Pardon, monsieur, ceci est entre monsieur le duc et moi... puisque vous le désirez si obstinément, vous aurez votre tour après...

PICHERIC.

Après ?... non pas... avant.

RAIMOND.

Décidément, vous êtes ivre, monsieur !

PICHERIC.

Palsambleu !... une telle insulte !... à moi !...

ROBERT.

Laisse-nous... Monsieur a raison... nous avons affaire ensemble.

PICHERIC, bas à Robert.

Allons donc !... tu n'es pas assez fort sur le coup droit, malheureux. (Haut.) Monsieur le duc ne se battra pas.

RAYMOND.

Il ne se battra pas ?

4

PICHERIC.

Monsieur le duc ne peut pas se battre avec un homme qui n'a pas de nom.

RAYMOND.

Monsieur!

PICHERIC.

Ah! moi, c'est différent... je suis à vos ordres.

ROBERT.

Mais...

PICHERIC, *bas.*

Je te le défends!

RAYMOND, *à Robert.*

On vous insulte, et vous refusez de vous battre?... Une telle lâcheté avec un nom comme le vôtre?... mais ce nom vous l'avez donc volé?

ROBERT, *fait un mouvement.*

Volé!...

RAYMOND.

Oui!... il est impossible que vous ayez du sang noble dans les veines!... Je vous ai traité comme un gentilhomme! et vous refusez! je vous traite comme un laquais, vous accepterez peut-être. (*Il lui donne un soufflet avec son gant.*)

ROBERT, *avec un rugissement.*

Malédiction! (*Il met l'épée à la main; Raymond en fait autant, mais aussitôt il pousse un cri de douleur et il laisse retomber son épée.*) Eh bien?

RAYMOND, *avec rage.*

Ah! ma blessure...

PICHERIC, *voyant sa main gantée, avec joie.*

C'est heureux!

RAYMOND.

Non, non... je ne peux pas... Oh! mais... je me battrai de la main gauche.

PICHERIC.

Imposssible... les chances ne seraient pas égales.

RAYMOND.

Oh!

ROBERT.

En m'insultant, monsieur,.. n'aviez-vous pas pensé que la réparation était impossible?

RAYMOND.

Vous pourriez croire...

PICHERIC.

Eh ! parbleu, une chose toute simple, c'est que l'outrage de celui qui le fait en comptant sur sa faiblesse retourne à son auteur.

RAYMOND.

Monsieur !

PICHERIC.

Oui, très-bien; mon ami et moi attendrons que vous soyez guéri.

RAYMOND.

Attendre! attendre! non! vous ne sortirez pas d'ici avant que je vous aie rendu raison de mon insulte; votre honneur exige autant que le mien cette réparation. Mais cherchez donc, messieurs, cherchez donc; vous voyez bien que je cherche, moi. (*Entrée de tous.*)

SCENE VIII.

LE BARON, CHAVIGNY, *puis* HENRIETTE.

LE BARON.

Qu'y a-t-il?

RAYMOND, *se remettant.*

Rien, monsieur, rien. (*Avec un sourire.*) Une partie de cartes que je proposais à monsieur. (*Raymond s'assied sur le canapé de gauche, on apporte la table de jeu près de lui.*)

ROBERT.

Comment?

PICHERIC, *bas, entre Robert et Raymond.*

Ah! c'est-à-dire que le perdant se brûlera la cervelle, n'est-ce pas? (*A part.*) C'est charmant.

RAYMOND, *à Robert.*

Refusez-vous encore, monsieur?

PICHERIC, *frappé d'une idée.*

Ah! (*Bas à Robert.*) Accepte! accepte! (*Fouillant dans ses poches.*) Fatalité! j'ai oublié mes cartes! Ah! dans mon manteau, peut-être... (*Il sort en saluant tout le monde. Le jeu commence, un instant de silence, Robert et Raymond sont calmes et graves.*)

LE BARON, *riant.*

Tudieu!... ces messieurs joueraient leur part de paradis, qu'ils ne seraient pas plus sérieux.

BLANGY.

Au fait... et les enjeux?

RAYMOND.

Nous jouons sur parole!

CHAVIGNY.

Ah! alors!... c'est encore plus sérieux! (*Henriette s'est levée et est venue se placée derrière la table de jeu et les examine.*)

RAYMOND.

Oui, n'est-ce pas?

CHAVIGNY.

Vous allez perdre, monsieur le duc. Ah! la chance est pour monsieur Raymond.

ROBERT, *très-pâle.*

Oui. (*Picheric a l'air joyeux, il s'approche vivement de la table.*)

PICHERIC.

Oh! la chance est souvent inconstante; il ne faut pas vous décourager, monsieur de Royan. (*Il lui glisse le jeu de cartes.*)

ROBERT, *à part.*

Ah! (*Moment de silence, Robert et Raymond jouent toujours, les invités parlent entre eux.*)

PICHERIC.

Le roi et la volte! oh! c'est un coup merveilleux.

LE BARON.

Raymond a perdu!

RAYMOND.

Oui, j'ai perdu, j'ai perdu. (*Tout à coup, Raymond se lève, droit, immobile, quitte la table, jette un regard à Henriette qui s'est approchée de la table de jeu, il rentre dans la chambre à gauche.*)

BLANGY.

Que diable a-t-il donc?

TOUS.

C'est bizarre!

ROBERT, *à Picheric.*

Picheric! laisserons-nous donc mourir cet homme?

PICHERIC.

Tais-toi!

ROBERT.

Non, non, c'est impossible!... courons!... (*Coup de feu.*)

TOUS.

Ah!... (*Mouvement général.*) Qu'y a-t-il?

HENRIETTE.

Ah! (*Elle court dans la chambre.*)

PICHERIC, *s'avançant.*

Messieurs, voici ce que c'est: le duc de Royan a été gravement

insulté par monsieur Raymond... et, comme celui-ci ne pouvait
tenir une arme, monsieur le duc, toujours noble et généreux, a
accepté le duel bizarre qu'on lui proposait.

TOUS.

Comment?

PICHERIC.

Monsieur Raimond a joué sa vie, il a perdu, il a payé. (*Sortie
de tous par le fond.*)

SCÈNE IX.

ROBERT, PICHERIC, *puis* HENRIETTE, RAYMOND.

ROBERT, *avec horreur.*

Il est mort!

PICHERIC, *bas.*

Oui, nous avons été plus heureux ici qu'aux Buttes Noires.

ROBERT.

Oh! ce jour-là!... c'était moins horrible encore!... Voler au
jeu quand il y va de la vie d'un homme. (*Avec indignation,
allant à la table.*) Oh! ces cartes!

PICHERIC, *reprenant les cartes.*

Mais c'est un assez joli travail, car grâce à elles, il m'est permis de dire à cette heure : Salut au seul et unique duc de Royan!
puisque le véritable fils de la duchesse, celui qui pouvait ré-
clamer ce titre, est mort, et les morts ne reviennent pas.

RAYMOND, *appuyé sur Henriette, a paru pendant ces dernières
paroles et se redressant.*

Peut-être!... Tremblez, misérables! infâmes! (*Ses forces l'a-
bandonnent.*) Je suis le duc de... Royan..., je... ah! (*Il retombe
sur le canapé à gauche.*)

HENRIETTE.

Ah! mort! Oh! mais je vous démasquerai, moi, et devant tous.
(*Tous entrent aux cris d'Henriette.*)

PICHERIC.

Un mot, et nous déclarons que vous êtes notre complice, Henriette Bernard!

HENRIETTE.

On ne vous croira pas!

PICHERIC, *bas à Henriette.*

On nous croira quand on saura que vous avez été la maîtresse
de Robert.

4.

HENRIETTE.

Ah ! (*Elle baisse la tête.*)

TOUS.

Eh bien !

PICHERIC.

Nous avons eu une lueur d'espoir ; elle s'est envolée.

ACTE IV.

Même décor qu'au premier acte.

Au lever du rideau, des paysans viennent de la montagne, d'autres sont autour
de la maison de Bernard, on leur dit que ce n'est pas commencé.

SCÈNE I.

HENRIETTE, PAYSANS.

HENRIETTE, *entrant par le fond, pâle et défaite, vêtue misérable-
ment. Elle s'avance avec peine.*

Enfin !... m'y voilà !... merci, mon Dieu !.. . vous m'avez donné
la force et le courage d'arriver jusqu'ici... oui... j'irai à mon
père !... je me jetterai à ses genoux !... il me pardonnera... car
il y a un mois... j'ai vu des larmes dans ses yeux, et ces larmes
me ramènent vers lui... j'ai voulu le revoir avant de me rendre
au château de la duchesse ; il m'aidera à démasquer les misérables qui... (*Apercevant les paysans.*) Pourquoi tout ce monde
autour de notre demeure ? (*A un paysan.*) Dites-moi, monsieur,
que font donc tous ces gens-là ?

LE PAYSAN.

Ah ! je vas vous dire : ils viennent pour la vente.

HENRIETTE.

Quelle vente ?

LE PAYSAN.

Eh ben ! mais, chez Pierre Bernard.

HENRIETTE.

Il a donc quitté le pays ?

LE PAYSAN.

Ah ! dame ! oui... et pour longtemps, allez. Il est décédé d'a-
vant-hier.

HENRIETTE, *avec un cri étouffé.*

Mon père !...

LE PAYSAN.

On l'enterre ce soir à huit heures... Le convoi partira de l'hospice, car le pauvre Bernard n'avait plus les moyens de mourir chez lui.

HENRIETTE, *à part*

Ah! mon Dieu!... mon Dieu! (*Elle pleure.*)

LE PAYSAN.

En un mois... v'là la deuxième fois que la mort entre là!... elle a d'abord pris la mère... une brave femme!... elle prend aujourd'hui le mari!... un digne homme!... et tout ça c'est leur fille qui... oui... oui, la malheureuse, a causé la mort de ses père et mère, après avoir causé leur ruine.

HENRIETTE, *à part et au désespoir.*

Mon père!... mon père!...

LE PAYSAN, *continuant.*

Depuis le départ de cette vagabonde, tout a été de mal en pis chez ces pauvres Bernard... ils ont eu à soutenir avec les Nicolas un procès qui les a ruinés... si bien que, comme je vous le disais, on va tout à l'heure procéder à la vente de leur pauvre mobilier... et ça ne sera pas long... allez... (*Il remonte.*)

HENRIETTE, *tombant sur un banc.*

Mon Dieu!... mon Dieu!... c'est trop souffrir.

SCENE II.

LES MÊMES, UN TAMBOUR, UN HUISSIER PRISEUR, *accompagné de son greffier et suivis d'une troupe de paysans. L'huissier et le greffier entrent à la maison. Quelques paysans entrent avec eux, puis les marchands qui vont aux ventes; le tambour bat pour la vente.*

LE PAYSAN, *à Henriette.*

Tenez, v'là déjà que ça va commencer. (*Regardant dans la foule et comme à lui-même.*) Tiens, je ne vois pas l'aveugle.

HENRIETTE, *assise sur les marches du cabaret.*

Qui donc?

LE PAYSAN.

Un brave garçon d'ici qui est parti, il n'y a pas longtemps, comme soldat et qui, pour sa première campagne, a reçu un coup de feu en pleine figure, si bien qu'à cette heure il ne peut plus lorgner les jolies filles.

HENRIETTE, *à part.*

Ah! mon Dieu!

LE PAYSAN.

Du reste, le pauvre diable, il paraît que ça ne lui fait rien. On prétend qu'il n'avait des yeux que pour la fille au père Bernard.

HENRIETTE, *à part avec un cri.*

Ah ! Mathurin !

LE PAYSAN.

Vous le connaissez donc ?

HENRIETTE.

Oui... (*Elle se lève et vient se cacher derrière un arbre.*)

LE PAYSAN.

Il désirait ben être à la vente pour tâcher de se rendre acquéreur d'un des objets qui avaient appartenu à la famille, et je suis étonné de ne pas... (*Il voit entrer Mathurin que conduit un paysan.*) Ah ben ! mais le v'là, ma fine ! il arrive à temps.

HENRIETTE, *à part, regardant Mathurin.*

Oui, c'est bien lui ! (*Pleurant.*) Pauvre Mathurin. (*Il s'assied au bas de la maison.*)

L'HUISSIER, *dans la chaumière.*

Un lit en bois blanc de trois pieds et demi, avec literie complète, rideaux blancs et bleus...

HENRIETTE, *à part.*

Ce lit était le mien... celui où je me reposais heureuse et souriante, après avoir adressé à Dieu ma prière d'enfant.

L'HUISSIER.

Adjugé à François Jean... à trente-trois livres... 2° Une table de noyer... six chaises... un buffet de chêne... une horloge... deux miroirs... Le sieur Maugin s'est présenté comme acquéreur à soixante-cinq livres.

PLUSIEURS VOIX, *alternativement.*

Soixante-six, soixante-huit, soixante-quinze, quatre-vingts, quatre-vingt-deux, quatre-vingt-dix.

L'HUISSIER.

Quatre-vingt-dix... quatre-vingt-dix... (*Silence.*) Adjugé à quatre-vingt-dix livres à André Signol.

HENRIETTE.

Et je suis là... et c'est devant moi qu'on vend à vil prix le peu que possédait mon père... ces meubles de nulle valeur, si précieux pour lui... Oh ! c'est affreux !

L'HUISSIER.

Allons, voici un lot superbe. (*On rit.*) Il y a de tout, là-dedans, un carnier, une cuillère à pot, des lunettes, des couteaux... Ah ! il y a aussi un livre d'heures... avec de petites images très-jolies.

HENRIETTE, *à part.*

Ce livre, c'était le mien... Un cadeau de ma pauvre mère !

Oh ! si je pouvais ? (*Elle fouille dans ses poches.*) Rien, je n'ai rien.

L'HUISSIER, *criant.*

Tout le lot en bloc, dix livres.

MATHURIN.

Vingt, trente, quarante ! (*On rit.*)

L'HUISSIER.

On ne dit rien ? adjugé !... adjugé à Mathurin.

HENRIETTE, *avec joie.*

Ah !

L'HUISSIER.

Un fauteuil...

HENRIETTE, *à part.*

Celui de ma mère, dans lequel elle s'asseyait chaque soir, sur lequel elle m'a bercée si souvent (*Avec des larmes.*) Et ils vont le vendre !

L'HUISSIER.

Allons, messieurs, un bon fauteuil sur lequel Henri IV a dû s'asseoir. (*On rit.*)

HENRIETTE, *à part, avec douleur.*

Oh !

L'HUISSIER.

Dix livres le fauteuil.

MATHURIN.

Quinze livres.

L'HUISSIER.

Quinze livres, on ne dit rien... Adjugé à Mathurin.

HENRIETTE, *à part.*

Bon Mathurin !

L'HUISSIER.

Le dernier lot, un rouet en bon état. Il irait tout seul. (*On rit.*) Le rouet, quatre livres.

MATHURIN, *avec une impatience douloureuse.*

Dix livres, vingt livres.

L'HUISSIER.

Allez toujours. (*On rit.*)

MATHURIN.

Trente livres si vous voulez.

L'HUISSIER.

On ne met rien au-dessus ? (*On rit.*) Adjugé au même Mathurin. (*Se levant.*) La vente est terminée. (*Mathurin vient à côté d'Henriette, 2° plan du banc.*)

LE PAYSAN.

Monsieur l'huissier, il reste encore Charlot.

HENRIETTE, *à part.*

Ils vont vendre Charlot. (*Elle se lève.*)

L'HUISSIER.

Qu'est-ce que c'est que ça, Charlot?

LE PAYSAN.

Sauf vot' respect, c'est l'âne à Pierre Bernard.

L'HUISSIER.

Ah! l'âne... il est mort.

HENRIETTE, *à part.*

Mort!

L'HUISSIER.

Oui, pendant la maladie du défunt, il est resté enfermé dans l'écurie... on l'y a oublié... et un beau matin on l'a trouvé mort de faim.

HENRIETTE, *à part.*

Charlot!... Charlot!... mort de faim!

LE PAYSAN.

Mais sa peau, ça a de la valeur... on en fait des tambours.

L'HUISSIER.

Va pour un âne... Allons, messieurs, à combien un âne mort de faim? (*On rit.*)

UNE VOIX.

Je demande à le voir.

L'HUISSIER.

C'est juste .. il ne faut pas acheter âne en poche. (*On rit.*) Qu'on apporte monsieur Charlot!

HENRIETTE, *sanglotant.*

O mon Dieu! c'est horrible!

MATHURIN, *relevant la tête.*

Qui donc pleure ici?

HENRIETTE.

Ah! (*Elle veut s'éloigner; Mathurin lui saisit la main.*)

MATHURIN.

Qui donc êtes-vous?... Vous ne répondez pas?... Mais... attendez donc... (*mettant la main sur son cœur*) il me semble que mon cœur vous connaît?

HENRIETTE, *à part.*

Oh! je n'oserai pas lui dire...

MATHURIN, *à demi-voix.*

Oui, oui... je ne me trompe pas, mon Dieu!... C'est vous... Henriette Bernard!...

TOUS, *se retournant.*

Hein?

HENRIETTE, *bas. Tout le monde reste au fond.*

Silence!

MATHURIN, *de même.*

Oui, oui... Rien, rien. C'est vous, enfin!... (*Avec des larmes.*) Mais je ne peux plus vous voir!... Henriette! Henriette!... pauvre enfant! vous étiez là...(*Frappé d'une idée.*) Et vous n'avez rien acheté?... Vous êtes donc bien pauvre?... (*Elle ne répond pas.*) Henriette, vous savez où est ma chaumière... promettez-moi d'y venir frapper un jour!... (*Avec douleur.*) Vous me devez bien ça, allez... Vous viendrez?

HENRIETTE, *pleurant.*

Merci!... merci!... (*A part.*) Oh!... je n'en suis pas digne!

MATHURIN, *avec joie.*

A bientôt!... à bientôt!... Je puis donc encore avoir un peu de bonheur sur terre. (*Il embrasse la main d'Henriette et s'éloigne avec l'enfant par la gauche. On apporte Charlot sur un brancard; il reste au fond.*)

SCENE III.

LES MÊMES, *excepté* MATHURIN, LES DEUX PAYSANS, *apportant l'âne, qu'ils déposent au fond.*

LE PAYSAN.

Monsieur l'huissier, j'en donne cinq livres.

L'HUISSIER.

On ne dit rien... adjugé... Si ma soupe est froide, ce sera la faute de Charlot. Au revoir, mes amis... Quand l'un de vous sera ruiné, je vendrai tout chez lui avec plaisir... (*On rit.*) Au revoir! au revoir! (*Il sort; quelques-uns le suivent, le tambour en tête, après avoir fait un roulement.*)

LE PAYSAN, *aux autres.*

J'espère que vous allez m'aider à emporter mon âne.

UN AUTRE PAYSAN.

Oui, mais (*montrant le cabaret*) tu paieras à boire.

LE PAYSAN.

C'est dit... Allons... (*Ils sortent en emportant l'âne par la droite, troisième plan.*) Cette femme, bien sûr, je l'ai vue quelque part. (*Il sort.*)

SCÈNE IV.

HENRIETTE, *seule.*

Pauvre Charlot! je l'ai tué aussi! Mort! mort de faim! Ah! Charlot, comme tu as dû souffrir!... Plus rien, rien qui me rat-

tache à la vie... Cette maison où s'est écoulée mon enfance, elle
est vide maintenant, et je suis seule, bien seule sur la terre !...
Adieu ! adieu ! adieu !... Allons, il ne me reste plus qu'un devoir à remplir... c'est d'aller trouver la duchesse de Royan, de
lui dire toute la vérié ; et puis après Dieu prendra pitié de
moi !... Ciel ! là, sur la route, ces deux hommes qui se dirigent
de ce côté... Mais oui, oui, l'un des deux est Picheric ; et l'autre,
l'autre , c'est Robert !... Robert le faussaire... Picheric l'as-
sassin !... Que viennent donc faire ici ces deux hommes ? (*Elle
se cache derrière la boutique de Bernard; Robert et Picheric entrent par la montagne de gauche.*)

SCENE V.

HENRIETTE *cachée*, ROBERT *et* PICHERIC.

PICHERIC, *à Robert à demi-voix.*

Je te dis qu'elle ne peut être qu'ici.

ROBERT, *montrant la maison.*

Tu es fou... tiens, regarde, la maison est déserte.

PICHERIC.

N'importe, si elle n'y est pas, elle y viendra ; où veux-tu qu'elle
aille ! Elle est, à l'heure qu'il est, sans pain, sans asile... elle
viendra, te dis-je... attendons-la. (*Il frappe à droite sous la tonnelle du cabaret.*)

ROBERT.

Attendre ? pourquoi faire ?

PICHERIC *appelant.*

Du vin ! (*on l'apporte; au garçon*) et mets-nous là cette table.
(*on la place en dehors de la tonnelle.*)

ROBERT, *à demi-voix.*

Picheric, pourquoi ce feu sombre dans ton regard ? ce sourire
fatal sur tes lèvres ? Picheric tu me fais peur !

PICHERIC, *versant.*

Bois donc !

ROBERT, *bas.*

Tu médites un crime, Picheric.

PICHERIC.

A ta santé. (*Il boit.*)

ROBERT.

Tu médites un nouveau crime, te dis-je.

PICHERIC.

Moi ? mais pas du tout.

ROBERT.

Pourquoi donc attends-tu Henriette ?

PICHERIC.

Pourquoi ! mais pour savoir comment elle se porte.

ROBERT.

Veux-tu me répondre ?

PICHERIC.

Tu l'exiges ?

ROBERT.

Oui, car je le répète... ce calme cache quelque chose d'horrible.

PICHERIC, *très-calme et raillant.*

Ce qu'il y a de certain, c'est qu'Henriette connaît tous nos secrets, et que cela me contrarie.

ROBERT.

Mais enfin, quelles sont tes intentions à l'égard de cette fille ?

PICHERIC.

Mes intentions ? c'est, quand je la rencontrerai, de lui dire : mademoiselle, M. Robert, votre amant, vous a abandonnée... il a, comme vous le savez, pris un nom qui ne lui appartient pas... il est sur le point, peut-être, d'épouser une charmante jeune fille qui s'appelle Marie de Royan, et je viens vous prier de ne point troubler son bonheur.

ROBERT.

Tu railles, sans doute ?

PICHERIC.

Tu crois qu'elle n'y consentira pas ? elle a donc un bien mauvais caractère ?

ROBERT.

Tu vois bien que tu railles.

PICHERIC.

Du tout, je crois que tu la juges mal... et que nous ferons d'elle tout ce que nous voudrons.

ROBERT.

Je le disais bien... Tu penses à te débarrasser d'Henriette.

PICHERIC.

Tais-toi donc... si on t'entendait, pour qui donc nous prendrait-on ? je te le demande ?

ROBERT.

On nous prendrait pour ce que nous sommes, pour des...

PICHERIC.

Ne le dis pas, puisque nous le savons.

ROBERT.

Oh ! tiens, tu me fais horreur.

PICHERIC.

Mon cher ami, les hommes de ta trempe, je ne les comprends
pas, je te l'avoue... il fallait être honnête homme tout à fait,
tu n'as plus le choix.

ROBERT.

Comment?

PICHERIC, *se levant la bouteille à la main.*

Est-ce que tu as oublié déjà la partie de cartes?... qu'on est
heureux de n'avoir pas de mémoire... (*Picheric va à la porte du
cabaret et demande une bouteille de vin.*) Ah çà, mais voyons?...
je pense que nous ne sommes pas ici pour faire de l'esprit, Henriette sait tous nos secrets, n'est-ce pas?

ROBERT.

Oui.

PICHERIC.

Tu m'accordes cela! ah bien, le reste va aller tout seul. (*Un
garçon apporte du vin. Picheric revient à la table.*) Sais-tu ce
que peut nous coûter un moment de délicatesse?

ROBERT.

De délicatesse!

PICHERIC.

Oui... le mot est joli... j'y tiens!... Si Henriette arrive au
château de Royan... nous sommes... démasqués... tiens, encore
un joli mot, il veut dire bien des choses; si nous ne devions
perdre que la position que nous nous sommes faite avec tant de
peine, je n'y regarderais pas : les biens de la terre sont péris-
sables; mais par malheur, il y va, pour nous, de mieux que cela,
il y va de la... non, je n'acheverai pas. Il ne faut pas parler de
corde devant un pendu, dit un proverbe ; mais c'est bien plus
grave à mon sens d'en parler devant des gens qui peuvent l'être.

ROBERT.

Que dis-tu?

PICHERIC.

Ecoute donc, tu n'es pas noble, ni moi non plus... et... par
conséquent... ah! le billot, la hache, c'est très-bien, ça pose un
homme, mais la corde... c'est... déshonorant!

ROBERT.

Ah! as-tu juré de me rendre fou?

PICHERIC.

Au contraire, je veux te rendre raisonnable ; après tout, si nous
en sommes là, c'est ta faute ; si tu n'avais pas cavalcadé sur un
âne dans les bois de Royan, à cette heure. nous serions tranquillement installés dans le château de nos pères, mais enfin... le mal
est fait... n'en parlons plus que pour chercher le moyen de le
réparer.

ROBERT.

Mais ce moyen...

PICHERIC.

Ma foi !... je ne l'ai pas, c'est toi.

ROBERT.

Moi ?... mais alors il y a du poison dans ce que tu dis là.

PICHERIC, *gravement.*

Il y en a bien dans ta poche.

HENRIETTE, *à droite.*

Je n'entends rien !

ROBERT.

Oui, c'est vrai, mais je veux... (*Il veut briser le flacon, Pi-cheric le lui enlève.*)

PICHERIC.

Pas de précipitation... tu t'en repentirais demain... (*Cueillant une fleur à la tonnelle.*) Voilà une jolie petite fleur, bien fraîche, bien vivace !... (*Il laisse tomber une goutte du flacon, la fleur devient noire ; la jetant.*) Elle est morte ! c'est très-philo-sophique.

HENRIETTE, *à part.*

C'est du poison !... oh !

ROBERT.

Picheric !... Picheric, tu me fais frémir.

PICHERIC, *replaçant le flacon dans la poche de Robert.*

Tu m'as compris ; assez ; ce sujet m'est désagréable, parlons... d'elle... elle t'a aimé... elle t'aime encore... elle va venir, je t'en réponds ! invite-la à souper... tu lui feras plaisir...

ROBERT.

Oh ! n'espère pas que...

PICHERIC.

Allons donc, Robert, une fois sur cette pente, il faut des-cendre et descendre toujours, mais cela vaut mieux encore que... crois-moi ! la corde, c'est une vilaine fin. (*Robert retombe sur son siége*).

HENRIETTE, *à part.*

Oh ! je comprends tout... les infâmes... (*Elle disparaît par la droite derrière le cabaret.*)

PICHERIC.

Robert, je vais t'attendre au château de la duchesse... Hen-riette n'y entrera pas quand j'y serai, je te le promets... Adieu. Ta main ?... et du courage (*Il sort par la montagne à gauche.*)

SCENE VI.

ROBERT, *puis* HENRIETTE.

ROBERT, *à part.*

Il y a un an... j'aurais dû tuer cet homme... maintenant je

lui appartiens... et je le sens... il fera de moi tout ce qu'il voudra .. oh! c'est horrible!... Henriette! une femme que j'ai aimée!... il veut... non, non, jamais; mais cependant, il l'a dit, elle a notre secret... si elle parle... nous sommes perdus... et la mort... une mort infamante. Oh! il me semble que je deviens fou! Henriette!... Henriette!... mon Dieu! mon Dieu! faites qu'elle ne vienne pas. (*Il tombe sur un banc.*)

HENRIETTE, *à part, entrant de droite.*

Ma résolution est prise!... Marie, je te sauverai de ce monstre.,.. j'ai détruit ton bonheur, et cet homme veut déshonorer ta vie. Eh bien... tu seras vengée de nous deux. (*Elle ramasse la fleur, la met dans son corsage. Haut.*) La charité, s'il vous plaît!

ROBERT, *se levant, apercevant Henriette.*

Elle!... c'est elle! Henriette!

HENRIETTE.

Vous! vous le voyez, Robert, je mendie, que voulez-vous? (*le regardant en face*) je ne sais pas voler.

ROBERT.

Henriette! (*A part.*) Comme elle est changée!

HENRIETTE.

Vous me regardez avec étonnement!... en voyant ma pâleur, vous vous demandez si c'est bien là cette Henriette que vous avez connue autrefois si gaie... si joyeuse!... oui, oui, c'est bien moi!... seulement savez-vous quel est le souffle qui a flétri ma vie, détruit ma jeunesse et ma gaîté?... c'est celui de la honte, Robert... de la honte de m'être donnée à un homme aussi méprisable que vous.

ROBERT.

Henriette!

HENRIETTE.

Mais je sais tout, Robert... vous ne l'ignorez pas, vous êtes un faussaire et un meurtrier... vous avez volé le nom du fils des ducs de Royan... et ce fils vous l'avez tué...

ROBERT, *à part.*

O malheur! malheur sur toi... tu l'as voulu.

HENRIETTE, *à part.*

Il vient de jurer ma mort... (*Riant.*) Tant mieux.

ROBERT. (*Il a changé de visage.*)

Henriette, écoute-moi... je suis bien coupable, c'est vrai; mais j'ai été fasciné, entraîné... à cette heure... je mesure avec épouvante l'abîme ouvert sous mes pas... à cette heure, le remords me tue. . je voudrais retourner en arrière; et c'est toi, toi seule qui peux me guider dans une route nouvelle.

HENRIETTE, *à part.*

Infâme !... infâme !

ROBERT.

Tu peux encore me sauver... Henriette ; m'aider à expier le passé ; te sens-tu la force d'accepter cette tâche ?

HENRIETTE.

Robert... est-ce que vraiment vous vous repentiriez ?

ROBERT.

Oui, oui... je me repens.

HENRIETTE.

Vous ne me trompez pas ?

ROBERT.

Non, non... et si je l'osais...

HENRIETTE.

Eh bien ?

ROBERT.

Je te dirais que je t'aime toujours.

HENRIETTE, *d'un ton singulier.*

Ah ! vraiment !

ROBERT.

Oui, j'ai abandonné la meilleure des filles... mon ange gardien.

HENRIETTE, *de même.*

Mais il est revenu lui, vous voyez...

ROBERT.

Et moi... je te l'ai dit, je l'attendais pour implorer mon pardon.

HENRIETTE, *à part, avec horreur.*

Et j'ai pu aimer cet homme !

ROBERT.

Eh bien ?

HENRIETTE.

Votre pardon, Robert... pourquoi ?... Mais ai-je donc cessé de vous aimer ?

ROBERT.

Il se pourrait !

HENRIETTE.

Quand une femme aime bien, Robert, c'est pour la vie... Son amant peut se déshonorer ou mourir, la femme meurt ou se déshonore avec son amant...

ROBERT, *avec un mouvement convulsif.*

Oh ! que tu es belle ainsi !

HENRIETTE, *d'un ton singulier.*

N'est-ce pas?

ROBERT, *étonné.*

Qu'as-tu donc?

HENRIETTE, *se remettant.*

Moi? rien... un dernier doute.

ROBERT.

Oh !

HENRIETTE.

Tu m'aimes... bien vrai?

ROBERT.

Oui, oui...

HENRIETTE.

Jure-le donc... devant la maison de mon père.

ROBERT, *hésitant.*

Je le jure !

HENRIETTE, *avec un cri.*

Merci !... merci !... (*A part.*) Robert !... te voi'à comme je te voulais !... Oh! maintenant, c'est un duel entre nous... un duel qui doit être fatal à tous deux. (*Elle chancelle; Robert court à elle.*)

ROBERT.

Mon Dieu !... Henriette, tu te soutiens à peine.

HENRIETTE, *vivement.*

Oui... c'est la faim... il y a deux jours que... Entrons là, Robert. (*Elle désigne le cabaret.*)

ROBERT, *vivement.*

Oui, oui...

HENRIETTE.

Merci !... merci de votre empressement, Robert ! (*Robert la regarde.*)

ROBERT, *à part.*

Oh ! Picheric avait raison : « Une fois sur cette pente, il faut descendre et descendre toujours. »

HENRIETTE, *à part.*

Mon père !... pardonnez-moi ! (*Ils entrent dans le cabaret. — Le rideau baisse.*)

ACTE V.

Une chambre de cabaret, tables au fond ; une fenêtre à droite, Henriette et
Robert occupent la table du milieu.

SCÈNE I.

HENRIETTE, ROBERT. (*Ils sont attablés, à la fin d'un repas. —
Henriette est assise sur la table et verse du vin à Robert qui est
assis à côté ; ils trinquent et boivent.*)

HENRIETTE.

Robert, vous souvenez-vous de cette chanson que vous avez
faite pour moi, en me donnant un fichu de soie que je devais
garder toujours ?

> Il te plaît, jeune fille, eh bien ! je te l'envoie,
> Et la prochaine nuit, loin des yeux importuns,
> Si tu veux confier à ses longs plis de soie
>   Tes cheveux doux et bruns,
> Une voix doucement plaintive à ton oreille,
> Te parlant dans la nuit sans te causer d'effroi,
> Te dira, bas, tout bas : Enfant, tu dors, il veille,
>   Il veille et c'est pour toi.

ROBERT, *souriant.*

Oui, oui, je me la rappelle.

HENRIETTE.

Comme vous me dites cela, Robert!... vous semblez inquiet...
troublé... à chaque instant, je vois des frémissements sur vos
lèvres.

ROBERT.

Mais non... je te jure... c'est que... je remontais le passé.

HENRIETTE, *d'un ton singulier.*

Sans moi, méchant !

ROBERT.

Dis-moi le second couplet. (*Pendant qu'Henriette est remontée
pour relever ses cheveux, il verse dans son verre le contenu du
flacon.*)

HENRIETTE, *à part, et l'apercevant dans la glace.*

Ah ! (*Elle se retourne vers lui, sa physionomie a repris son air
de gaieté.*) Second couplet.

Mais si tu dois jamais dans une nuit profane,
En faire à ton amant un triomphe moqueur,
Livre au feu dès ce soir ce tissu diaphane
    Brûlé comme mon cœur.

ROBERT.

Eh bien? pourquoi t'arrêter?

HENRIETTE.

C'est que ce couplet me rappelle combien alors vous étiez jaloux.

ROBERT, *se levant.*

Je le suis encore.

HENRIETTE, *avec un sourire étrange.*

Vrai?... merci, pour ce mot-là, je vous permets de m'embrasser... le veux-tu?

ROBERT, *avec transport.*

Si je le veux! si je le veux. (*Il l'embrasse, et pendant ce temps elle change les verres de place.*) Maintenant, continue.

HENRIETTE.

Oui, mais buvons avant! (*Robert fait un mouvement; elle se dégage de ses bras et passe derrière lui; à part.*) Il a tressailli! mon Dieu!... s'il pouvait avoir horreur de son crime.

ROBERT, *après un effort.*

Buvons!

HENRIETTE, *à part.*

Plus d'espoir... allons! (*Ils trinquent et boivent; quand le verre de Robert est à moitié vide, elle l'arrête.*) Assez, assez, je veux que vous puissiez m'écouter jusqu'au bout.

ROBERT.

Soit !

HENRIETTE.

Si tu me trahissais, prends garde, ta folie
Peut-être aurait demain de subites rougeurs,
Prends garde, tôt ou tard un cœur qu'on humilie
    Rêve des jours vengeurs.

ROBERT, *chancelant, la main sur la poitrine.*

Mon Dieu! (*Il se lève.*)

HENRIETTE.

Quoi donc?

ROBERT, *allant ouvrir la fenêtre de droite.*

Rien... continue... Ah! je ne sais ce que j'éprouve.

HENRIETTE.

Eh bien! qu'avez-vous donc, Robert?

ROBERT.

Moi... je ne sais... là... un feu qui me brûle... à boire...
(*Henriette prend la bouteille.*) Non, de l'eau... de l'eau. (*Il s'arrête et la regarde.*)

HENRIETTE.

Comme tu pâlis, Robert!... pourquoi me regardes-tu ainsi
fixement?... doutes-tu donc que j'aie pris le poison que tu me
destinais? (*Elle lui montre la fleur empoisonnée.*)

ROBERT, *avec effroi.*

Ah!

HENRIETTE.

Il en reste encore, et ce qui reste est pour moi. (*Elle lui
montre son verre.*)

ROBERT.

Malédiction!... au secours! au secours!

HENRIETTE, *fermant la porte du fond.*

Appelle si tu veux!... Avant qu'ils n'aient brisé cette porte, la
mort sera venue pour nous deux... Robert, tu vas mourir, repens-toi, repens-toi.

ROBERT, *se débattant dans l'agonie.*

Grâce!... pitié!

HENRIETTE.

Repens-toi, te dis-je!... repens-toi!

ROBERT.

Henriette... écoute-moi, oui, je suis infâme, criminel...
mais plus je suis coupable, moins tu dois abréger le temps
qui me reste pour le repentir!... tu serais aussi coupable que
moi!

HENRIETTE.

Mon Dieu!

ROBERT.

Oui, je mérite le châtiment qui me frappe... mais que je vive...
et je me repentirai... mon salut est entre tes mains .. Du secours!... qu'on me sauve !... il en est temps encore, et ma vie
appartiendra au repentir, ma vie appartiendra à Dieu!

HENRIETTE, *luttant.*

Non, non, je ne te crois pas.

ROBERT.

Henriette ! Henriette !... du secours! au nom de ta mère!

HENRIETTE.

Ma mère... eh bien! (*Elle va vers la porte. On entend au loin
la prière des morts.*) Ah ! ce chant funèbre, ce cercueil !... c'est

celui de mon père... de mon père que tu as tué, Robert... Dieu lui-même ne veut pas que je te fasse grâce !... (*Elle court fermer la porte.*) Ce chant funèbre... il est pour nous aussi.

ROBERT.

Ah ! Dieu soit loué .. on vient !... au secours !

HENRIETTE, *prenant son verre.*

Je t'ai dit qu'ils viendraient trop tard. (*Elle porte le verre à ses lèvres. Robert, au moment où elle va boire, lui arrache le verre qu'il brise. — Des paysans entrent en forçant la porte.*)

HENRIETTE.

Ah !... (*Elle veut s'élancer par la fenêtre, on lui barre le passage.*)

ROBERT.

Oui... arrêtez cette femme ! elle m'a assassiné !

TOUS.

Ah !

ROBERT, *mourant.*

Je serai vengé !... Henriette Bernard !...

TOUS.

Henriette Bernard !

LE PAYSAN.

Oui, je la reconnais maintenant... c'est bien elle ! c'est Henriette Bernard ! qui a détruit le bonheur de ses bienfaitrices et causé le désespoir de Mathurin ; la malheureuse a commencé par tuer son père et sa mère, et elle vient d'assassiner son amant.

TOUS.

A mort, à mort, Henriette Bernard ! (*Tous les paysans vont se ruer sur Henriette, le paysan se jette au devant d'eux.*)

LE PAYSAN.

Arrêtez !... Henriette Bernard appartient au bourreau.

TOUS.

A l'échafaud, Henriette Bernard !

ROBERT.

Henriette, je te lègue la mort et l'infamie. (*Ils l'entraînent, ils l'entourent à moitié évanouie. Tumulte. Robert tombe à terre.*)

ÉPILOGUE.

Même décor qu'au prologue. Nuit.

SCENE I.

HENRIETTE, *endormie à la même place;* L'ETRANGER, *écrivant à la même table.*

HENRIETTE, *rêvant; la lettre de Robert est à ses pieds.*

L'échafaud ! l'échafaud !... non... non... grâce ! pitié !...

L'ÉTRANGER.

Allons, mes amis seront prévenus à temps ! (*Jour partout.*) Le jour !... (*Il souffle la chandelle, se lève et va vers elle.*) Henriette Bernard, réveillez-vous, je le veux !

HENRIETTE, *poussant un cri et s'éveillant.*

Ah ! mon Dieu !... (*Elle regarde autour d'elle avec effroi, puis avec bonheur, et vient tomber à genoux.*) Sainte Vierge ! merci ! merci ! (*Grand jour partout.*)

L'ÉTRANGER, *la contemplant,*

Oui, remercie-la, pauvre enfant ! car c'est elle qui m'a conduit ici... c'est elle qui m'a permis de te dévoiler l'avenir qui t'attendait peut-être.

HENRIETTE.

Qui donc êtes-vous ?

L'ÉTRANGER.

Qui je suis ? demande-le au passé, à l'avenir ; il y a quatre-vingts ans on m'appelait Urbain Grandier, dans trente ans on m'appellera Cagliostro. (*Il sort à gauche.*)

SCENE II.

HENRIETTE, BERNARD, MARTHE, *en costume de fête ; puis* MATHURIN, *en marié ;* LES PAYSANS, *conduisant Charlot couvert de fleurs et de rubans.*)

MARTHE, *entrant du dehors.*

Les voici !... les voici !.. (*Elle court à sa fille et lui montre le bouquet de Mathurin qui est encore à la même place.*)

HENRIETTE, *se jetant dans ses bras.*

Ma mère ! et là-bas... là-bas...

BERNARD, *venant du dehors et montrant à Henriette tout le monde qui vient.*

Mathurin qui vient te chercher avec tout le village pour te conduire chez le bailli.

MARTHE.

Pour ton mariage !... Dame ! ton bouquet lui a dit ta réponse !...

MATHURIN, *entrant avec son bouquet.*

Merci ! merci, Henriette.

LES PAYSANS, *du dehors.*

Vive la mariée !...

SCENE III.

LES MÊMES, ROBERT, *puis* PICHERIC.

ROBERT, *entrant, à part.*

La mariée !... Oh ! non, c'est impossible !... (*A Henriette.*) Henriette, vous m'aviez promis, je vous ai attendue en vain.

HENRIETTE.

Monsieur...

ROBERT, *bas.*

Henriette!... est-ce que vous ne m'aimez plus?... J'attends votre réponse.

HENRIETTE, *haut.*

Ma réponse! la voici, monsieur... Mon père! Mathurin!... j'ai été sur le point de vous abandonner pour un autre!... Oh! j'étais folle!... aujourd'hui j'ai retrouvé ma raison... Mon père, priez donc monsieur de sortir de chez vous...

PICHERIC, *entré sur les derniers mots, bas à Robert.*

Oui... oui... filons... notre projet est dévoilé... la duchesse sait tout, cette nuit elle a embrassé son véritable fils!... filons! (*Il va l'entraîner par la gauche quand entrent un Exempt et des Gardes.*)

L'EXEMPT, *à Robert et à Picheric.*

Au nom du roi, vous êtes mes prisonniers.

MATHURIN.

Et nous, mademoiselle, le bailli nous attend.

HENRIETTE.

Eh bien! il ne faut pas le faire attendre.

TOUS, *entrant.*

Vive Henriette!... Vive Mathurin!... (*Mathurin est remonté avec Henriette, il l'a placée sur l'âne qu'entourent tous les paysans qui forment cortége : Henriette monte sur l'âne, Marthe et Bernard sont auprès d'elle, Mathurin les précède. On entend le son des musettes. Le cortége se met en marche. Tous les paysans ont des bouquets au bout de grands bâtons, les paysannes les ont à leurs mains.*)

TABLEAU.

FIN.

Paris. — Typ. de Mme Ve Dondey-Dupré, rue Saint-Louis, 46, au Marais.

DERNIÈRES PIÈCES DE THÉATRE
PUBLIÉES PAR MICHEL LÉVY FRÈRES.

LA CHASSE AUX CORBEAUX, comédie-vaudeville en 5 actes. .	1 »
L'ANE MORT, drame en 5 actes, d'après JULES JANIN.	1 »
LE LYS DANS LA VALLÉE, drame en 5 actes, d'après BALZAC.	1 »
LES MYSTÈRES DE L'ÉTÉ, comédie-vaudeville en 5 actes. . .	1 »
UN BANQUIER COMME IL Y EN A PEU, com.-vaud. en 1 acte.	» 60
UN MÉNAGE A TROIS, comédie-vaudeville en 2 actes. . . .	» 60
UN COUP DE VENT, vaudeville en 1 acte.	» 60
LE CIEL ET L'ENFER, féerie en 5 actes.	» 60
QUAND ON ATTEND SA BOURSE, vaudeville en 1 acte. . .	» 60
LES FILLES DE MARBRE, drame en 5 actes.	1 »
LES MÉMOIRES DE RICHELIEU, comédie-vaudeville en 1 acte.	» 60
LE VIEUX CAPORAL, drame en 5 actes.	1 »
MADELON, opéra comique en 2 actes..	1 »
UN UT DE POITRINE, vaudeville en 1 acte.	» 60
QUAND ON VEUT TUER SON CHIEN, comédie-vaud. en 1 acte.	» 60
LE COLIN-MAILLARD, opéra comique en 1 acte.	1 »
LA FRONDE, opéra en 5 actes.	1 »
ON DEMANDE UN GOUVERNEUR, coméd.-vaudev. en 2 actes.	1 »
UNE FEMME DANS MA FONTAINE, vaudeville en 1 acte. . .	» 60
UN MARI EN 150, comédie-vaudeville en 1 acte.	» 60
LES LUNDIS DE MADAME, comédie en 1 acte.	1 »
MARIE-ROSE, drame en 5 actes.	1 »
LA TONELLI, opéra comique en 2 actes.	1 »
PHILIBERTE, comédie en 3 actes, en vers.	1 50
UN NOTAIRE A MARIER, comédie-vaudeville en 3 actes. . .	» 60
SOUVENIRS DE VOYAGE, comédie en 1 acte.	» 60
L'HONNEUR ET L'ARGENT, comédie en 5 actes, en vers. . .	2 »
LA BOISIÈRE, drame en 5 actes.	1 »
LES FOLIES DRAMATIQUES, comédie-vaudeville en 5 actes. .	1 »
LA MAL'ARIA, drame en 1 acte.	1 »
BOCCACE ou LE DÉCAMERON, comédie en 5 actes.	1 »
ELISA ou UN CHAPITRE DE L'ONCLE TOM, comédie en 2 actes.	» 60
LADY TARTUFFE, comédie en 5 actes.	2 »
LES NOCES DE JEANNETTE, opéra comique en 1 acte. . . .	1 »
LE SOURD, opéra comique en 3 actes..	1 »
UN MERLAN EN BONNE FORTUNE, vaudeville en 1 acte. . .	» 60
MONSIEUR LE VICOMTE, comédie-vaudeville en 2 actes. . .	» 60
LA TERRE PROMISE, comédie-vaudeville en 3 actes.	» 60
UN AMI ACHARNÉ, comédie-vaudeville en 1 acte..	» 60
L'ONCLE TOM, drame en 5 actes et 10 tableaux.	1 »
LOUISE MILLER, opéra en 4 actes	1 »
LA CASE DE L'ONCLE TOM, drame en 8 actes.	1 »
UNE FEMME QUI SE GRISE, comédie-vaudeville en 1 acte. . .	» 60
UNE CHARGE DE CAVALERIE, comédie-vaudeville en 1 acte.	» 60
ALEXANDRE CHEZ APELLES, comédie-vaudeville en 1 acte.	» 60

NOTA. Voir le Catalogue général pour la liste complète des pièces de théâtre publiées
à la librairie Michel Lévy frères.

BIBLIOTHÈQUE CONTEMPORAINE.

FORMAT IN-18 ANGLAIS.

Ire SÉRIE A 2 FRANCS LE VOL.

vol.

ALEX. DUMAS. Le Vicomte de Bragelonne 6
— Mém. d'un Médecin 5
— Les Quarante-Cinq. 3
— Le Comte de Monte-Cristo 6
— Le Capitaine Paul. 1
— Chev. d'Armental.. 2
— Trois Mousquetaires 2
— Vingt ans après... 3
— La Reine Margot.. 2
— La Dame de Monsoreau 3
— Jacques Ortis...... 1
— Le Chev. de Maison-Rouge...... 1
— Georges 1
— Fernande.......... 1
— Pauline et Pascal Bruno 1
— Souvenirs d'Antony 1
— Sylvandire......... 1
— Le Maître d'armes. 1
— Fille du Régent.. 1
— Guerre des femmes. 2
— Isabel de Bavière.. 2
— Amaury........... 1
— Cécile 1
— Les Frères Corses. 1
— Impress. de Voyage.
— — Suisse........... 3
— — Le Corricolo... 2
— — Midi de la France 2
GEORGE SAND.. La Petite Fadette.. 1
E. DE GIRARDIN. Etudes politiques.. 1
— Quest. administ. et financières...... 1
— Le Pour et le Contre 1
— Bon sens, bonne foi 1
— Le Droit au travail au Luxembourg et à l'Assemblée nationale....... 2
EM. SOUVESTRE.. Un Philosophe sous les toits.......... 1
— Confes. d'un ouvrier 1
— Derniers paysans.. 2
— Chron. de la mer. 1
— Scènes de la Chouannerie........... 1
— Dans la prairie.... 1
— Les Clairières...... 1
— Scènes de la vie intime........... 1
— Le Foyer breton... 2
— Sous les filets..... 1
— En Quarantaine.... 1
— Contes et récits.... 1
— Nouv. et romans... 1
— Derniers Bretons (s. presse)........ 2
PAUL FÉVAL.... Le Fils du diable. 4
— Myst. de Londres.. 3
— Amours de Paris.. 2
L. VITET....... Les Etats d'Orléans. 1
BAR.-LARIDIÈRE. Histoire de l'Assemblée nationale constituante..... 2
ALBERT AUBERT. Les Illusions de jeunesse........ 1
F. LAMENNAIS.. la Société première. 1

(suite)

EUGÈNE SUE.... Les Sept Péchés capitaux.......... 6
GAB. RICHARD.. Voy. autour de ma maîtresse....... 1
LOUIS REYBAUD. Jérôme Paturot à la recherche de la meilleure des Républiques....... 4

IIe SÉRIE A 3 FRANCS LE VOL.

LAMARTINE..... Trois mois au Pouvoir............. 1
JULES JANIN.... Hist. de la littérature dramatique. 2
— Contes d'été (sous presse) 1
— Contes fantastiques et littéraires (sous presse) 1
PR. MÉRIMÉE... Nouvelles (3e édit.). 1
— Episode de l'Hist. de Russie........ 1
— Les Deux Héritages 1
— Etudes sur l'Hist. romaine (sous presse) 1
— Mélanges historiques et littéraires (sous presse).... 1
JOHN LEMOINNE. Etudes critiques et biographiques... 1
GUST. PLANCHE.. Portraits d'artistes. 2
F. PONSARD. .... Théâtre complet... 1
— Etudes antiques... 1
EMILE AUGIER.. Poésies complètes. 1
A. DE BROGLIE. Etudes morales et littéraires....... 1
LOUIS REYBAUD. Jérôme Paturot à la recherche d'une position sociale. 1
— Nouvelles......... 1
— Romans,......... 1
— La Comtesse de Mauléon 1
— La Vie à rebours... 1
— Marines et voyages.. 1
Mme E. GIRARDIN Marguerite......... 1
— Nouvelles......... 1
— Le Vicomte de Launay............. 1
— Le marquis de Pontanges (s. presse) 1
ALPH. KARR..... Agathe et Cécile 1
— Raoul Desloges.... 1
— Au bord de la mer (sous presse).... 1
— Les Femmes (sous presse).......... 1
— Lettres écrites de mon jardin (s. p.) 1
TH. GAUTIER. ... De Paris à Constantinople (s. presse) 1
— En Grèce et en Afrique (s. presse)... 1
— Les Grotesques (sous presse).......... 1
MÉRY.......... Les Nuits anglaises 1
— Les Nuits italiennes 1
DE PONTMARTIN. Contes et Nouvelles 1
OCT. FEUILLET.. Scènes et proverb. 1
— Bellah.......... 1

(suite)

LÉON GOZLAN... Hist. de 130 fem[mes]
— Les Vendanges
— Nouvelles (s. pr[esse]
D'HAUSSONVILLE Histoire de la [po]litique extéri[eure] du gouverne[ment] franç. 1830-1[
EUG. FORCADE. Etudes historiq[ues]
HENRY MURGER. Scèn. de la Boh[ème]
— Scènes de la V[ie de] jeunesse....
— Le pays Latin.
— Scèn. de camp[agne]
— Scènes de la v[ie de] Théâtre (sous presse)....
CUVILL.-FLEURY Portraits politi[ques] et révolution[nai]res (2e édit.)
— Portraits his[tori]ques et littér[aires] (sous presse)
JULES SANDEAU. Catherine.....
— Nouvelles.....
— Sacs et Parche[mins]
— Un Héritage...
E. TEXIER....... Critiques et R[
— Promenade au[tour] boso (s. pre[sse)
A. DUMAS FILS. La Dame aux [ca]mélias (5e éd[it)
— Contes et Nouv[
— La Vie à ving[t ans] (sous presse)
— Avent. de 4 fe[mmes] (sous presse)
— Antonine (s. pr[esse)
LE Mis DE BELLOY. Le chevalier d[
L. RATISBONNE. L'enfer du [Dante] (trad. en texte en reg[ard)
PAUL DELTUF... Contes roman[
P. DE MOLÈNES.. Caractères et [ré]cits du temp[s
THÉOD. PAVIE. Scènes et Réci[ts] Pays d'outre[mer]
— Etudes et Vo[yages] (sous presse
CH. REYNAUD... D'Athènes à Ba[
— Epitres, Cont[es] Pastorales...
HECT. BERLIOZ. Les Soirées de [l'or]chestre.....
F. DE CONCHES.. Léopold Robe[rt]
L. P. D'ORLÉANS. Mon Journal.[
ex-roi des Franç. nements de[
DE GROISEILLIEZ Histoire de la[ ] de Louislippe (2e éd[it)
CHAMPFLEURY.. Contes vieux [et] nouveaux...
— Les Excentri[ques]
HENRI BLAZE... Ecrivains et P[oètes] de l'Allema[gne]
— Souv. et Réci[ts] Camp. d'Au[
— Episode de l'hi[st]. Hanovre [ ] presse)....
EMILE THOMAS.. Hist. des At[eliers] nationaux...